U0163928

兒童文學與書目（四）

林文寶　著

張晏瑞　主編

目次

二○○○年臺灣兒童文學論述、
創作及翻譯書目並序

一　前言

　　為了提倡閱讀風氣，文建會將二○○○年定為「兒童閱讀年」，希望新世紀的主人翁能提升閱讀興趣，從閱讀中培養快樂寬廣的心胸，找到開啟夢想的鑰匙，擁有更好的未來，因而企劃一系列的活動，而臺北市更由各國小舉行「閱讀大使」宣示大會及成立兒童閱讀專屬網站，讓小朋友分享有趣的閱讀世界。

　　而在千禧年，網際網路與兒童閱讀的關係也愈來愈密切。創刊五十二年的《國語日報》，今年四月成立了整合多媒體的國語日報網站，並提供電子報的訂閱服務；文建會網站還特別規畫「兒童文化館」提供多媒體線上閱讀、選書及說故事時間等各項內容；而由資策會、國語日報及勵馨基金會共同辦理千禧年兒童十大「優質網站選拔」活動，包括臺北市立動物園、兒童文化館等網站獲選。

　　同時從英國作家羅琳（J. K. Rowling）創造的《哈利波特》（*Harry Potter*）系列推出三十餘種語言版本，發行百餘國家，可以看出一本內容精彩的童書也能讓全球的大小讀者接受。

　　臺灣的插畫家也逐漸在國際上嶄露頭角。從李瑾倫成為亞洲第一個與 Walker 合作的繪本創作者之外，陳志賢在波隆那國際兒童童書插畫展中，一個名為「千禧四頁圖畫故事書」（A Four-Picture Story for the New Millennium）的展覽，更以作品 *A Brand New Day*（《嶄新的時刻》）脫穎而出，是唯一獲選「千禧四頁圖畫故事書」特展的臺灣畫家。本屆義大利波隆那國際雜誌插畫展，格林文化公共有七位插畫家，八本作品分別入選文學及非文學類獎項。

　　在千禧兒童閱讀年中，從大型的第四屆讀書會博覽會到全國各地區故事協會的說故事列車等相關活動非常的多。以下試依出版、活動、教學與研究等方面說明之：

二　出版

　　對於優良兒童讀物的推薦與評選，有已經邁入第十年的文建會「好書大家讀」少年兒童讀物評選、新聞局金鼎獎。今年《國語日報週刊》榮獲金鼎獎優良雜誌出版的兒童及少年類推薦獎。而象徵國內青少年兒童讀物最高榮譽之一的「小太陽獎」在二月十八日頒獎，共有出版獎七類及四位個人獎得主。而兩大報的年度好書獎如下：

《中國時報》二〇〇〇年開卷好書獎

最佳青少年圖書

書名	作者（譯者）	出版者
我那特異的奶奶	瑞奇・派克著，趙映雪譯	東方出版社
花粉的房間	愁・葉霓著，余健慈譯	經典傳訊文化公司
屋頂上的小孩	奧黛麗・克倫畢斯著，劉清彥譯	三之三文化公司
國家公園之父：蠻荒的謬爾	約翰・穆益爾著，李・史蒂生編，張美惠譯	張老師文化公司
童年末日	約瑟・克・克拉克著，鍾慧元、葉李華譯	天下文化公司

最佳童書

書名	作者（譯者）	出版者
小蠑螈睡哪裡？	安妮・梅茲爾文，史帝夫・強森、盧・芬喬圖，林芳萍譯	和英出版社
天空為什麼是藍色的？	莎莉・葛林德列文，蘇珊・巴蕾圖，黃郇媖譯	和英出版社

書名	作者（譯者）	出版者
自然寶庫1——臺灣1億5000萬年之謎	陳文山著，江彬如繪圖	遠流出版事業公司
自然寶庫2——臺灣鳥樂園	袁孝維著、鄧子菁著，王繼世繪圖	
自然寶庫 3——臺灣天氣　變！變！變！	陳泰然、黃靜雅著，廖篤誠繪圖	
愛瑪畫畫	溫蒂・凱瑟曼文，芭芭拉・庫尼圖，柯倩華譯	三之三文化公司
挖土機年年年響——鄉村變了	約克・米勒繪圖	和英出版社

《聯合報》二〇〇〇年最佳童書獎

繪本類

書名	作者（譯者）	出版者
天才中的天才達文西	吉多・維士康提文，賓巴・藍德門圖，康華倫譯	青林國際出版社
挖土機年年作響——鄉村變了	約克・米勒繪圖	和英出版社
吃六頓晚餐的貓	英格・莫爾文／圖，黃迺毓譯	和英出版社
小女兒長大了	彼得席斯文／圖，小野譯	格林文化出版社
卡夫卡變蟲記	勞倫斯文，戴飛爾圖，郭雪貞譯	格林文化出版社

讀物類

書名	作者（譯者）	出版者
洞	路易斯・薩奇爾著，趙永芬譯	小魯文化

書名	作者（譯者）	出版者
遇見詩人愛蜜莉	伊莉莎白・史派思文，克蕾兒・尼佛拉圖，游紫玲譯	玉山社出版社
天燈・母親	鄭清文著，林之助圖	玉山社出版社
小小美術鑑賞家（六冊）	江學瀅撰文	雄獅圖書出版社
我家也有桃莉羊！	吳惠國著	幼獅文化事業公司

今年除了兩大報的年度好書獎之外，誠品書店二〇〇〇年度推薦書榜 TOP100也是值得作為年度好書榜的參考。其中將童書分成中文、外文童書圖畫書類及中文、外文童書文學類等四類，以銷售排行資料作為遴選的初步參考，並考量每一類別在推薦榜上的呈現數量，按比例列出前二十名至一百名成為書單，之後再邀請各領域的學者專家，審慎敲定推薦書榜。

二〇〇〇年度童書推薦書榜中與兩大報的好書獎仍有重疊的部分，可見好的作品禁得起各項評審的考驗。如：圖畫書類的《挖土機年年作響——鄉村變了》、《天空為什麼是藍色的？》及《小蟋蟀睡哪裡？》等。文學類的《洞》及《天燈・母親》等書。

而在圖畫書出版方面，臺灣的兒童讀物出版界中，格林文化在圖畫書的出版一直是值得注意的，從出版作品及插畫家屢獲國際大獎看來，臺灣圖畫書的出版已逐漸呈現出國際化的趨勢。在本屆義大利波隆那國際童書插畫展中，格林文化事業公司共有七位插畫家，八本作品分別入選文學及非文學類獎項，文學類：馬尼昂狄博《歌劇魅影》、羅伯英潘《西雅圖酋長》、卡特提思《魔蛋射手》、麥克努雪夫《耶穌》、卡洛斯寧《天鵝湖》。非文學類：羅伯英潘《甘地》、陸跑樂《達文西》、塔塔羅帝《阿基米德》。

至於本土的圖畫書，除了信誼基金會的出版品之外，其他出版社亦有不錯的圖書畫呈現。列舉如下：

（一）中英對照圖畫書

　　一直在從事中英對照的本土創作圖畫書的童畫藝術國際文化事業公司，今年出版「創作繪本系列」及「創意童書繪本」。

（二）工具類圖畫書

　　童畫藝術國際文化事業公司在今年出版「童畫藝術系列」。主要以圖畫書的形式，教授如何實際製作兒童繪本、童話劇場、多媒體城市等主題，可作為美術、工藝課之教材。

（三）童話故事書

　　繼「小詩人」、「藝術家」、「文學家」系列之後，三民書局今年新推出的童書「童話小天地」系列突破傳統的編輯方式，成為新式的童話繪本。包括《丁伶郎》、《奇妙的紫貝殼》、《奇奇的磁鐵鞋》、《智慧市的胡塗市民》、《石頭不見了》、《九重葛笑了》、《屋頂上的祕密》、《銀毛與斑斑》八本繪本型式的童話故事書。全套共十六本，每本還附單片播放故事的 CD。

（四）中國民俗節日故事

　　國語日報推出「中國民俗節日故事」系列，目前出版二十六本。邀請作家撰寫有關中國民俗節日的故事，製作成圖畫書的形式。

　　千禧年是兒童文學獲得重視及肯定的一年，從致力於兒童文學的工作者獲得各項大獎及獲得國外出版商的青睞，即可得知。從以下相關出版活動、各項文學獎的揭曉及兒童文學相關機構的成立，也可一窺臺灣兒童文學發展的現象。

（一）新書發表會

1 鄭清文舉辦童話《天燈・母親》新書發表會

鄭清文創作四十年當中有兩部童話集：《燕心果》及《天燈・母親》在四月由玉山社發行新版，並舉辦「臺灣兒童文學創作的願景」座談會，與會者包括鄭清文、李潼、陳玉玲、許建崑等。

2 《從城南走來──林海音傳》出版

十月由林海音之女夏祖麗，替母親寫的傳記，由天下文化出版。她在無以數計的史料中，再循著母親一生生活的軌跡，前往北京、南京、上海、臺北各地探訪故舊，重返童年英子、少女含英、作家海音的豐富歷程。而林海音對兒童文學的貢獻除了創作之外，更創辦純文學出版社出版及翻譯許多國外優秀的兒童文學作品。

（二）本土性文獻史料的出版

幼獅文化出版一九八八至一九九八年「兒童文學選集」共七本。

幼獅文化先於一九八九年出版了一套「兒童文學選集」，為一九四九至一九八七年間臺灣地區兒童文學包括論述、故事、童話、小說、詩歌五類的選集。二○○○年五月底幼獅文化又出版第二套「兒童文學選集」，為一九八八至一九九八年間的臺灣本土創作，增加了散文、戲劇兩文類。這套選集書名與主編分別是：故事《甜雨・超人・丟丟銅》，馮季眉編；散文《友情樹》，馮輝岳編；童話《夢穀子，在天空之海》，周惠玲編；童詩《童詩萬花筒》，洪志明編；少年小說《沖天炮與彈子王》，張子樟編；戲劇《粉墨人生》，曾西霸編；及論述《擺盪在感性與理性之間》，劉鳳芯編。

（三）全球最暢銷的童書《哈利波特》系列

英國女作家羅琳創作的《哈利波特》，在全球各地已有至少三十七種以上語言版本，在一百多個國家發行，迅速登上各家連鎖書店暢銷排行榜的位置，臺灣的銷售量在二十天之內達到十萬本。顯示內容精彩，再加上媒體報導及出版商的宣傳手法，童書也能創造廣大的閱讀群眾。

（四）日本科學圖畫書大師加古里子訪臺

七月十五日，三十三歲創作第一本圖畫書，至今出版超過五百本科學圖畫書的日本大師加古里子應邀來臺推廣科學圖畫書的創作及欣賞。他強調「科學就在我們身邊；科學應該有一種溫暖，吸引每個人去親近」的創作理念。他認為科學上的研究專家很多，卻沒有人寫給孩子閱讀，科學圖畫書就是扮演橋樑的角色，讓孩子接近了解科學，提供包羅萬象的科學知識以滿足他們廣泛的求知欲，並針對不同個體的興趣去引導發展。

（五）多家出版社推出紐伯瑞文學獎作品

維京出版社出版得到美國紐伯瑞金牌獎的《風兒不要來》、《印第安人的麂皮靴》。晨星出版公司出版獲得紐伯瑞金牌獎的《產婆的小助手》。東方出版社出版紐伯瑞銀牌獎的《我那特異的奶奶》。三之三文化事業公司出版二〇〇〇年獲紐伯瑞銀牌獎的《屋頂上的小孩》。小魯文化事業公司出版一九九九年獲紐伯瑞金牌獎的《洞》及一九九八年紐伯瑞銀牌獎的《魔法灰姑娘》等。

（六）童書翻譯呈現多元化現象

臺灣童書翻譯出版除了圖畫書之外，從臺東師院兒童讀物研究中

心整理的「二〇〇〇年兒童文學翻譯書目」來分析，可以看出少年小說、童話、童詩及散文的數量及翻譯增多，「主題選擇」也配合社會多元化的現象，觸及到更多層面的思考，能深入青少年生活現象及其關心的問題做深度的心理剖析。此外，有關環保及生態保育的主題也逐漸呈現。

而翻譯作品的來源不再只侷限英美兒童文學作品，還包括歐洲及阿拉伯等國家，可見更多翻譯人才正逐步進入童書翻譯的領域，讓讀者透過文學作品了解不同文化的思想。在出版社方面，則有「多家出版社投入」的現象，有愈來愈多的出版社在原本架構下增加童書出版的項目。

（七）兒童文學獎

1 林文寶獲頒五四獎、兒童文學獎、信誼基金會學術成就獎

長期推動兒童文學不遺餘力的臺東師院兒童文學研究所所長林文寶教授，在千禧年五月同時獲頒第三屆「五四獎」的「文學評論獎」、第四十一屆文藝獎章的「兒童文學獎」及信誼基金會頒發的「信誼基金會學術成就獎」。

2 楊喚兒童文學獎揭曉同時宣布停辦

由親親文化提撥早期楊喚兩本詩集《水果們的晚會》、《夏夜》的版稅來贊助的第十二屆「楊喚兒童文學獎」於五月十一日揭曉，林芳萍的《屋簷上的秘密》（民生報出版）獲獎。老作家潘人木則獲得特殊貢獻獎。然而在經費與運作困難的情況下，這項獎項在頒獎典禮時同時宣布停辦。

3　第八屆陳國政兒童文學獎揭曉

第八屆陳國政兒童文學獎於十一月十九日舉行頒獎典禮。「圖畫故事類」首獎由吳品瑢的《快！快！快！鼠先生》獲得，獎金十萬元及獎牌。優選獎是由郭桂玲以《最神奇的披風》獲得；佳作獎由廖健宏的《繩子馬戲團》及林書屏的《那天晚上》獲得。新人獎由蕭雅勻的《我的森林》獲得。

兒童散文類岑澎維以《鋼琴老屋》獲得首獎，楊雅雯以《鯨靈》得到優選獎，嚴淑女及鄒敦怜分別以《藍色啤酒海》及《變吃記》獲得佳作獎。

4　第十三屆中華兒童文學獎由張嘉驊獲得

中華民國兒童文學學會公布第十三屆「中華兒童文學獎」由張嘉驊獲得。其得獎作品為：《長了韻腳的馬》、《風島飛起來了》、《我愛藍樹林》、《怪怪書怪怪讀3》、《宇宙大人》，獲得十萬元獎金及獎牌。

5　臺灣省第十三屆兒童文學創作獎揭曉

由文建會中部辦公室主辦，臺中圖書館承辦的「臺灣省第十三屆兒童文學創作獎」在三月得獎名單揭曉，共二十三人獲獎：

首獎：林玫伶《小耳》。

優等：洪如玉《鳳凰木與燕子》、廖炳焜《將軍再見》。

佳作：楊志豪《千禧蟲的愛心蛋糕》、林麗珠《土龍》、李光福《哈囉！茱比》。

入選：陳昇群《樟樹計畫》、黃玲蘭《風族小畢》、劉勝雄《改造七彩猴》、陳志寧《路燈》、許坤政《撼不動的愛》、溫靜美《花豹、山雀與她的媽媽》、鍾信昌《丁丁明年見》、劉

美瑤《蟑螂阿南》、楊隆吉《牧書條碼人》、劉丁財《蛋蛋村傳奇》、葉美霞《掌中的光芒》、王耀瑄《犀牛海頓之歌》、林郁屏《線之家的溜頭兒》、張雲晴《一隻失去記憶的高跟鞋》、方源鳴《皓皓是一顆傻流星》、趙英喬《松寶》、周淑貞《燈籠草》。

6 第五屆小太陽獎頒獎

行政院新聞局主辦的「第五屆小太陽獎」，由「第十八次中小學生優良課外讀物推介」中的二千四百六十一冊圖書中選出，選出七個出版獎與四個個人獎。得獎名單如下：

（1）小太陽出版獎：

圖書故事類：《石頭不見了》（三民書局）

科學類：《無脊椎真奇妙》（鄉宇文化）

人文類：《兒童文學叢書：文學家系列》（三民書局）

文學語文類：《少年小說創作坊——李潼答客問》（幼獅文化）

叢書、工具書類：《花東礦物岩石圖鑑》（臺灣博物館）

漫畫類：《漫畫臺灣史》（月旦）

雜誌類：《精湛兒童之友》（台灣英文雜誌社）

（2）小太陽個人獎：

最佳文字創作：杜虹《比南方更南》

最佳編輯：吳娉婷《精湛兒童之友》

最佳插圖：林松霖《獨角仙》

最佳美術設計：崔正南、陳忠民《穿越時空看家園》

7 第八屆「九歌現代兒童文學獎」頒獎

　　由九歌文教基金會主辦，文建會贊助的「現代兒童文學獎」，於六月十日公布名單並舉行頒獎典禮。今年應徵稿件共一一九篇，進入決選者有二十九篇，大陸作品有三篇，最後得獎者有七位，前三名依序為：侯維玲《二○九九》、鄭宗弦《又見寒煙壺》、林音因《期待》；佳作獎有四位：王晶、王文華、蒙永麗、鄒敦怜，值得一提的是，此次得獎者多半為為臺灣本土創作者，可見本土創作者在少年小說的耕耘上的成績日益顯著。

8 第十二屆信誼幼兒文學獎

　　今年在圖畫書創作類方面：首獎從缺；陳致元的《想念》獲評審委員推薦獎，獎金十萬元，顏薏芬的《我自己玩》獲佳作獎，獎金五萬元。

　　文字創作獎方面：首獎從缺；侯維玲的《爸爸沙發》和陳麗光的《影子朋友》均獲佳作獎，獎金各二萬元。

9 第三屆「用愛彌補」兒童文學獎揭曉

　　羅慧夫基金會為了推廣「喜歡自己‧也喜歡不一樣的朋友」的理念，特別舉辦「用愛彌補」兒童文學獎，此活動得到中美和文教基金會和裕隆汽車社福基金會贊助。今年共六十二件作品入圍，臺北市樹林國小二年級涂苡庭以《兩隻角的三角龍》獲得第一名金獎，這項作品充分表現「享受做自己，溫柔對別人」的理念。榮獲第二名銀獎的翁平則是《唇顎裂的小朋友》。

10 臺東師院兒童文學研究所為兒童文學理論與創作注入新血

　　臺東師院兒童文學研究所成立四年，已有畢業生完成二十三篇碩

士論文，在各項創作獎皆有優異表現。如：第十三屆臺灣省兒童文學獎中陳昇群〈樟樹的計畫〉及楊隆吉〈牧書條碼人〉獲入選。第八屆陳國政兒童文學獎中嚴淑女〈藍色啤酒海〉獲兒童散文佳作。民生報兒童文學年度徵文在童書、兒歌、散文、童話共十一名學生入選。「兒歌一百徵選」活動中更有多名研究生作品入選。廖炳焜〈癩蛤蟆和小青蛙〉及〈風颱〉獲優選及佳作；洪志明〈風來了〉獲優選，〈梅花開〉和〈小蜻蜓〉獲佳作；林淑珍〈白鷺鷥〉獲優選，而〈一支桿兒真威風〉、吳常青〈動動歌〉及陳春玉〈大茶壺〉獲佳作。

（八）兒童讀物評選

1 「好書大家讀」少年兒童讀物評選邁入第十年

文建會「好書大家讀」少年兒童讀物評選，今年進入第十年，由臺北市立圖書館、國語日報和民生報共同主辦的「二○○○年好書大家讀」座談會四月二十三日舉行。與會的出版工作者、學者專家及民眾，針對評選方式、推廣活動及參選圖書範圍進行討論。林訓民以現代出版界面臨電子化趨勢建議，未來評選範圍可以增加「電子書」的評意；但國內缺少科學組圖書的評審委員，應建立評委人才資料庫，才能落實評審制度；推廣工作上，應該增加入選書籍的巡迴展出機會。

2 新聞局金鼎獎

行政院新聞局在七月七日公布二○○○年金鼎獎得獎名單，《國語日報週刊》獲得優良雜誌出版的兒童及少年類推薦獎。

（九）兒童文學相關機構的成立

1 臺中小大繪本館成立

以讀書會為主的「小大聯盟」目前在臺灣共有十五個讀書會，小大讀書會一直以家庭為主，因為希望能有個固定據點來凝聚各會，因此臺中小大繪本館於九月三十日是正式開幕，為社區型繪本圖書館，除了收藏繪本之外，還定期舉辦各項講座。

2 各地故事協會成立

由毛毛蟲兒童哲學基金會培育的故事媽媽，從非正式的自助式故事媽媽團體到社團法人故事協會的成立，讓主婦走出家庭，為學校、社區散播故事種子。五月九日新竹市故事媽媽協會成立，五月二十六日臺北縣板橋市故事協會舉辦成立，五月二十七日臺東縣故事協會成立，五月二十九日臺北市故事協會舉辦連署會議。

三　活動

千禧年的兒童文學活動，除了政府及各民間相關機構舉辦的活動之外，故事協會的故事媽媽們，更積極的投入說故事及相關的培訓活動中，讓更多兒童及大人享愛兒童文學的歡愉與喜樂。

（一）兒歌一百徵選活動

本活動由文建會主辦，臺東師院兒童文學研究所承辦，活動時間從七月至十二月。目的是希望能鼓勵大人、小孩一起創作出足以傳誦的兒歌，提升兒歌創作風氣。最後選出兒童組優選五首，由陳姝文、廖啟宏、葛于微、高嫥瑩、吳宣諭獲獎；佳作二十二首，由鄭宜東等

人獲得；社會組優選十三首，由陳玉珠、林靜俐、洪志明等人獲獎；佳作四十五首，由謝明芳等人獲獎。同時將得獎作品彙集出版《愛的風鈴（2000年）臺灣兒歌一百》兒歌集。

（二）兒童文學寫作夏令營

為推廣兒童文學寫作，中華民國兒童文學學會暨國語日報合辦「兒童文學寫作夏令營」，凡年滿十八歲、愛好兒童文學寫作者皆可報名。活動的課程包括：林良主講「兒童文學創作經驗談」、林煥彰講「荷塘話童詩」、楊孝濚「文學新聞」、傅林統「少年小說」、張嘉驊「童話新世紀」、沈惠芳「創意作文教學」、洪志明「寓言體寫作」、林真美「親子讀閱讀指導」、王金選「兒歌」等。

（三）「書香下鄉文化根植社區 —— 打造書香巡迴圖書車」活動

為了配合教育部推行兒童閱讀年，由文建會委託臺東師院兒童文學研究所主辦書香下鄉文化根植社區等系列活動：

一、圖書巡迴暨校園說故事活動。邀請臺東縣故事協會故事媽媽下鄉為偏遠小學說故事、與家長分享說故事經驗及提供相關童書資訊，將閱讀的種子散播至全臺東各角落，以彌補資源分配不均，邊陲城鄉失衡的現象。從九月至十二月共辦理十場次，至二十六個國小說故事，兩千多個學童及家長參與，反應相當熱烈。

二、舉辦故事媽媽培訓課程。鼓勵媽媽積極參與說故事活動，分四場次進行，主題為如何演說故事、童書的欣賞與挑選、閱讀氛圍的營造、親子共讀的樂趣，共一百五十人次參加。

三、故事媽媽師資培訓。經過為期三個月十二次培訓後，遴選出能充分結合經驗與理論的優秀人才，授予證書，作為日後各地故事媽

媽推廣之師資。

（四）兒童班級及親子讀書會的推廣

　　為了推廣兒童班級及親子讀書會，天衛文化圖書公司在三年來已舉辦了多場班級及親子讀書會研習營的活動，其主要目的是希望將「文化的深耕，必先推廣閱讀」的理念推行至臺灣各地，並配合教育部提出的「兒童閱讀年」計畫，透過對語文、多元智能、文學閱讀方面有深入研究與經驗的專業人員與教師，提供學員更多的幫助，目前已培訓了為數眾多的種子教師與兒童讀書領導人。二〇〇〇年一整年中，在臺灣各地舉辦研習會，研習課程包含廣泛，如：許慧貞主講「師生閱讀活動經驗分享」、陳衛平主講「為什麼要推廣班級讀書會」、趙永芬主講「閱讀的樂趣」、江福祐主講「問於兒童閱讀的一些人、事、物」等，並安排討論與分享時間，期能在活動後真正地落實與再推廣，而非僅流於形式。

（五）親子戲劇講座

　　為了加強兒童戲劇教育之推廣及增進親子互動關係，由文建會指導，財團法人臺北市兒童戲劇協會承辦，臺東師院兒童文學研究所協辦的親子講座與親子傾聽故事活動，從十月至十二月在臺東熱烈展開五場講座。

（六）閱讀學校與閱讀教室模式建立計畫

　　由教育部主辦，臺東師院兒童文學研究所承辦的「閱讀學校與閱讀教室模式建立計畫」師資培訓課程，選定臺北市陽明國小、興華國小，臺北縣雙峰國小、臺東縣東師實小、東海國際、知本國小，花蓮縣文蘭國小等七所示範學校，從十二月開始，先至臺北美國學校參觀

圖書館配置及教室圖書管理，再由楊茂秀、郭建華、凌俊嫻等專家，分別在五個示範學校，利用十六天的週休二日假期對全校教師進行「閱讀教室模式建立」之師資培訓，內容包括：讀書氛圍的建立與經營、讀什麼？怎麼讀？書群建立、經驗分享等課程。

四　教學與研究

千禧年臺灣地區兒童文學的教學與研究更是蓬勃的發展，就研討會而言有下列場次：

（一）臺灣兒童文學一百評選暨研討會

時間為三月二十四至二十六日，地點為臺北市立圖書總館十樓會議廳。

由臺東師院兒童文學研究所承辦「臺灣兒童文學一百」評選活動，彙整了從一九四五至一九九八年各種兒童文學類書籍共兩千四百餘冊，經縝密的評選選出一〇二本優良作品，並出版《臺灣（1945-1998）兒童文學100》一書，為臺灣的兒童文學留下珍貴的史料。而「臺灣兒童文學100評選暨研討會」的召開更具非凡的意義，發表有關臺灣民間故事、臺灣寓言讀物、臺灣地區兒童散文發展情形、臺灣兒童詩歌、臺灣童話、兒童戲劇、少年小說等十篇論文，讓臺灣的研究者、創作者及出版者檢視五十年來兒童文學的發展脈絡及思索未來的發展方向，並出版《臺灣兒童文學100》作品集及《臺灣兒童文學100論文集》。

（二）第四屆全國兒童文學與兒童語言學術研討會

時間五月五至六日，地點為靜宜大學。

由靜宜大學文學院、兒童文學與兒童語言學術研究發展中心主辦。由陳千武主講「臺灣兒童詩的發展」揭開序幕後，進行五場有關圖畫書與童書翻譯、寓言、民間故事與戲劇、童話與小說、童詩與兒童敘述、兒童閱讀與女童話作家作品主題的研討，最後專家學者進行以「童詩語言與兒童語言」為主題的綜合座談，並出版《第四屆全國兒童文學與兒童語言學術研討會論文集》。

（三）兒童文學希望工程研討及座談會

時間五月二十七日（星期六）上午九時至下午四時三十分。地點為臺北市圖書館十樓國際會議廳。

由臺東師範學院兒童文學研究所、幼獅文化事業公司主辦的座談會，邀請兒童文學界的專家、學者等進行兩場「兒童文學：詩歌、散文、論述、童話、故事、小說、戲劇──檢視一九八八至一九九八十年成果與未來的發展」研討會，並邀請出版社經理人及報社總編輯等進行「兒童讀物的催生與評介」及「兒童讀物的推廣與行銷」座談會，同時發表「兒童文學選集」，為一九八八至一九九八年間的臺灣本土創作包括論述、故事、童話、小說、詩歌、戲劇、散文七類，檢視十年來臺灣兒童文學發展的成果，並透過專家、學者、創作者、出版者、評論者齊聚一堂，共創下個世紀兒童文學的希望工程的方向。

（四）第七屆師院生兒童文學創作發表暨學術討論會

時間為六月八至十日（星期四至星期六）。地點為嘉義。

此研討會目的是藉著童話、兒歌得獎作品的創作發表，讓創作者與評審委員面對面討論作品；而研討會更邀請兒童文學的專家學者在兒童文學各領域進行經驗分享，增加彼此交流觀摩的機會，有利於創作活動的進行。

（五）幼兒文學發展研討會

時間六月十七日（星期六）。地點為臺北市立圖書館總館十樓會議廳。

由臺東師院兒童文學研究所、臺北市立圖書館、天衛文化圖書公司共同主辦。研討會由楊茂秀進行專題演講——「說故事與繪本演奏」之後揭開序幕，柯倩華、劉鳳芯對於「兒童繪本在幼兒教育的運用」提出不同的看法；林玫伶以「充滿情感的幼兒文學——說說唱唱感受文學」來說出幼兒文學的特性，並以綜合座談的方式讓專家學者討論有關幼兒文學的發展與展望。

（六）兒童文學資深作家作品研討會——林良先生作品研討會

時間十月十五日（星期日）。地點為臺北市立圖書館總館十樓國際會議廳。

「兒童文學資深作家作品研討會」去年以林海音、潘人木先生的作品展開研討，除了對在兒童文學界耕耘多年的資深作家致以崇高的敬意之外，更能從整理他們的生平、創作、理論等著作，建立完整的臺灣兒童文學史的人物志。

今年以不論在兒歌、散文、童話及理論各方面創作皆非常豐富的林良先生的作品為主。會中發表〈林良先生兒歌創作研究〉、〈林良先生兒童文學理論初探〉、〈從《懷念》談林良的文字風格與親情〉、〈論林良的兒童散文〉等論文，對林良先生的生平及作品做一番討論，以「林良與兒童文學」為主進行綜合座談。

（七）臺灣童書翻譯與版權學術研討會

時間十一月十五至十七日。地點為臺東師院演藝廳。

　　由臺東師院兒童文學研究所、兒童讀物研究中心合辦之「臺灣童書翻譯與版權學術研討會」集合出版者、研究者、評論者及創作者共同討論臺灣童書翻譯、出版等眾多議題。

　　由於目前臺灣兒童文學作品中有很高的比例是國外翻譯作品，而翻譯的語言、文化差異、出版編輯及翻譯者的自覺無形中變得非常重要。透過此次的研討，並將論文集結出版在《兒童文學學刊》第四期「臺灣童書翻譯專刊」中，希望提供各界更佳的翻譯作品。

　　除了眾多學術研討會之外，尚有重要的學術交流及相關研究：

（一）東師兒文所師生赴大陸進行學術交流

　　二月八日至二十日，跨校組團，由臺東師院方榮爵校長率研究生及兒童文學同好者，至廣州師範大學、浙江師範大學及上海師範大學進行學術研討及進行相關學術單位互訪的交流活動。

（二）臺灣地區兒童閱讀興趣調查研究報告出爐

　　此研究為文建會委託臺東師院兒童文學研究所承辦，目的在了解臺灣地區學童的閱讀興趣及趨勢，作為當前學童閱讀生態之基礎研究。此研究從一九九九年七月至二○○○年三月截止，經隨機抽取全國十六個國小（二至六年級）樣本，共五十四個班，有效問卷一千七百九十四份，資料顯示，學童最愛看電視和看笑話，父母陪孩子閱讀的比率偏低。

（三）大陸學者朱自強、梅子涵應邀來臺授課

　　東北師範大學朱自強教授及上海師範大學梅子涵教授應邀至臺東師院兒童文學研究所暑期班進行暑期授課，從七月五至七月二十五日。課程名稱分別為「幻想文學研究」與「大陸新時期小說」。

（四）大陸作家劉興詩來臺進行專題演講

八月一日大陸作家劉興詩來臺東師院兒童文學研究所進行專題演講。講題為「談科幻小說」。劉興詩創作過許多科幻小說，他從科幻小說的定義及創作方面，與師生分享其經驗。

（五）旅日翻譯作家游珮芸應邀來臺授課

八月二日至十六日翻譯作家游珮芸應邀至臺東師院兒童文學研究所進行暑期授課，課程名稱為「日據時期臺灣兒童文學史」。內容針對日據時期臺灣兒童文學發展的情形，並介紹多位日本兒童文學創作者的作品。

（六）李潼、許建崑赴馬來西亞講學

兒童文學作家李潼及東海大學中文系副教授許建崑，應行政院僑務委員會及馬來西亞華人教師總會邀請，將於八月三十一至九月十四日到馬來西亞的吉隆坡、關丹和亞庇等城市，為當地六百多位華人講授兒童文學課程及主持兒童文學等相關活動。

（七）陳佳宜教授進行「生態兒童文學」的專題演講

十月二十四日聘請休士頓大學教授陳佳宜至兒文所進行專題演講。講題為介紹美國有關「生態兒童文學」的圖畫書及相關研究情形。從小在孩子心中播下一顆保護大自然的種子，孩子長大後便會對自己生長的環境有保護意識，特別是圖畫書對其產生的影響，因此應多鼓勵創作者及研究者研究相關議題。

（八）上海少年報訪問團來臺進行兩岸兒童文學交流

上海少年報組成訪問團在十一月二十日應國語日報邀請來臺進行

十天的兒童文學交流。訪問團成員包括上海少年報社長陳偉新，編輯主任徐建華等五人，此行目的為與國語日報進行實務交流，也參訪臺灣的媒體、教育、出版及兒童文學研究所等單位。

（九）北京師範大學招收兒童文學博士生

大陸北京師範大學從二〇〇〇年開始招收兒童文學文學博士生，由該校兒童文學理論家王泉根教授擔任博士生導師，北京師大公布之兒童文學研究方向是以中國現代及當代兒童文學為範圍，考試科目為外國語、文藝理論、兒童文學研究等。

五　結語

從眾多的出版品、多樣化的學術研討會、各項教學與研究討論、學術交流、國際性的展覽活動及臺灣插畫家在國際舞臺嶄露頭角看來，臺灣的兒童文學已逐步邁向國際化，千禧年的兒童文學也在政府單位及民間團體共同努力下，有了豐碩的成果。

期望在新的世紀兒童文學能在千禧年兒童閱讀年的滋潤之下，開出更燦爛的花朵。

參考書目

中國時報文化新聞中心　〈2000開卷好書獎揭曉〉　《中國時報》
　　41版開卷　2000年12月28日

伊　銘　〈哈利波特魔法熱全球發燒〉　《中央日報》　2000年7月
　　14日

李　進　〈日籍繪本大師加古里子識臺推廣科學圖畫書〉　《聯合
　　報》　41版　2000年7月17日

國語日報　〈臺灣省兒童文學創作獎優勝揭曉〉　《國語日報》　15
　　版特　2000年3月15日

陳昭玲　〈用愛彌補兒童文學獎優勝揭曉〉　《國語日報》　2版
　　2000年12月25日

劉偉瑩　〈上海少年報媒體訪問團來訪〉　《國語日報》　2版
　　2000年11月21日

劉偉瑩　〈千禧年十大兒童新聞回顧〉　《國語日報》　16版特別報
　　導　2000年12月25日

劉偉瑩　〈迎接兒童閱讀年〉　《國語日報》　16版特別報導　2000
　　年1月16日

聯合報　〈讀書人2000最佳書獎童書類〉　《聯合報》　29版讀書人
　　2000年12月25日

蘇愛琳　《小王子的幾個探討方向》　臺東市　臺東師院兒童文學研
　　究所　1999年6月

胡馨云　〈2000年度新書排行榜〉　出版情報　第153、154期合刊
　　2001年12月

二〇〇〇年兒童文學論述書目

書名	作者（譯者）	出版地	出版社	出版日期	開數	頁數	備註
劇場表演空間的架構——以臺灣鄉鎮地區為探討對象	林尚義著	臺北市	財團法人成長文教基金會	1月	19×26	358	
書蟲讀書會／書蟲啃光我的書	張嘉真著	臺北縣	富春文化事業公司	1月	25	168	
閱讀兒童文學的樂趣	著／Perry Nodelman 譯／劉鳳芯	臺北市	天衛文化圖書公司	1月	17×23	327	
相聲世界走透透	馮翊綱著	臺北市	幼獅文化事業公司	2月	19×21	239	
編織童年夢——波拉蔻故事繪本的世界	楊茂秀、黃孟嬌等譯著	臺北市	遠流出版事業公司	2月	25	111	
單飛：人在天涯	著／羅德·達爾 譯／趙映雪	臺北市	幼獅文化事業公司	2月	25	343	
交流與對話	林文寶主編	臺東市	臺東師院兒童文學研究所	2月	25	149	
臺灣地區兒童閱讀興趣調查研究	林文寶主編	臺北市	行政院文化建設委員會	2月	25	76	
兒童文學	李慕如、羅雪瑤著	高雄市	高雄復文圖書出版社	2月	17×23.4	646	
臺灣兒童文學100研討會論文集	林文寶主編	臺東市	臺東師院兒童文學研究所	3月	25	225	

書名	作者 （譯者）	出版地	出版社	出版 日期	開數	頁數	備註
臺灣（1945-1998）兒童文學100	林文寶主編	臺北市	行政院文化建設委員會	3月	25	239	
為孩子讀書的人	桂文亞主編	臺北市	民生報社	3月	25	178	
兒童與青少年如何說畫	陳瓊花著	臺北市	三民書局	3月	17×23.5	153	
童年憶往：中國孩子的歷史	熊秉真著	臺北市	麥田出版公司公司	3月	25	375	
1999好書指南：少年讀物，兒童讀物	桂文亞主編	臺北市	行政院文化建設委員會	4月	17×26	195	
傑出漫畫家——亞洲篇	洪德麟著	臺北市	雄獅圖書公司	4月	20×29	135	
語文教育的新趨勢——國語課程實驗教學研討會	教育部臺灣省國民學校教師研習會	臺北縣	教育部臺灣省國民學校教師研習會	4月	19×26	183	
寶寶讀書樂——給0～3歲嬰幼兒的小小圖書館	鄭榮珍主編	臺北市	信誼基金出版社	4月	25	62	
童書創意教學——生命教育一起來	張湘君、葛琦霞編著	臺北縣	三之三文化事業公司	5月	21×29	245	
透視恐怖的格林童話	文／金城陽一 譯／劉子倩	臺北市	旗品文化出版社	5月	25	217	
張開想像的翅膀	陳景聰編著	臺中市	瀚揚文化事業公司	5月	19×26	167	
兒童詩賞析民俗嘉年華會	詩‧賞析／林峻楓	臺北縣	財團法人國家文化藝術基金會	6月	25	101	

書名	作者 （譯者）	出版地	出版社	出版 日期	開數	頁數	備註
彩繪兒童又十年	林文寶策劃	臺北市	幼獅文化事業公司	6月	25	340	
擺盪在感性與理性之間——兒童文學論述選集1988-1998	林文寶策劃 劉鳳芯主編	臺北市	幼獅文化事業公司	6月	25	309	
新詩驚奇之旅	林廣、 張伯琦著	臺北縣	螢火蟲出版社	6月	19×26	251	
兒童散文精華集	馮輝岳編著	臺北市	小魯文化事業公司	7月	25	169	
繪本創作 DIY	鄧美雲、 周世宗著	臺北市	雄獅圖書公司	7月	19×26	111	
淺語的藝術	林良著	臺北市	國語日報社	7月 再版	15×21	338	
敘事論集——傳記、故事與兒童文學	廖卓成著	臺北市	大安出版社	8月	15×21	228	
跟父母談兒童文學	馬景賢著	臺北市	國語日報社	8月	15×21	193	
上閱讀課囉！	許慧貞著	臺北市	天衛文化圖書公司	9月	15×21	186	
三人行大師‧好書與您同行	趙映雪著	臺北縣	富春文化事業公司	9月	15×21	310	
德國格林童話大道	欒珊瑚著	臺北市	商周文化事業公司社	9月	15×19	174	
青春記憶的書寫	張子樟著	臺北市	幼獅文化事業公司	10月	15×21	289	

書名	作者（譯者）	出版地	出版社	出版日期	開數	頁數	備註
兒童文學資深作家作品研討會——林良先生作品討論會論文集	杜榮琛等著	臺北市	中華國兒童文學學會	10月	19×26	121	
試論我國近代童話觀念的演變——兼論豐子愷的童話	林文寶著	臺北市	萬卷樓圖書公司	10月	15×21	209	
第四屆「兒童文學與兒童語言」學術研討會論文集	陳千武等	臺北縣	富春文化事業公司	10月	15×21	394	
兒童文學學刊——臺灣童書翻譯專刊	阮若缺等	臺北市	天衛文化圖書公司	11月	15×21	273	
圖畫書的欣賞與應用	林敏宜著	臺北市	心理出版社	11月	17×23	243	
兒童詩需要穿怎樣的衣服	蔡榮勇著	臺中市	臺中市政府文化局	11月	15×21	284	
行政院新聞局第十八次推介中小學生優良課外讀物暨第五屆小太陽得獎作品	項文苓主編	臺北市	行政院新聞局	12月	19×26	192	
不墜的夕陽：薛林的兒童文學及其評論	薛林著	臺南縣	臺南縣文化局	12月	15×21	401	
童話的故鄉，哥本哈根	文／Ulrich Sonnenberg 譯／左欣玉	臺北市	商智文化事業公司	12月	15×19	159	

二〇〇〇年兒童文學創作書目

書名	作者（譯者）	出版地	出版社	出版日期	開數	頁數	備註
小白兔尋師記	林瑞景著	高雄市	百盛文化出版公司	1月	25	207	童話
啜飲一杯甜蜜清泉	楊美玲著	臺北縣	富春文化事業公司	1月	15×21	207	散文
莊腳博士	張榮彥著	高雄市	百盛文化出版公司	1月	25	200	小說
仙女的彩衣	周梅春著	高雄市	百盛文化出版公司	1月	25	201	童話
我的頑皮動物	邱秀芷著	高雄市	百盛文化出版公司	1月	25	193	散文
小搗蛋外傳	秦文君著	臺北市	民生報社	1月	25	250	故事
成長不寂寞	邱秀文 楊美玲合著	臺北市	正中書局	1月	25	145	小說
龍家的喜事	文／潘人木 圖／林傳宗	臺北市	信誼基金出版社	1月	22×27	24	圖畫書
舅舅照像	文／林良 圖／洪義男	花蓮市	幼翔文化事業出版社	1月	19×24	24	圖畫書
哼！我好氣！	文／方素珍 圖／郝洛玟	花蓮市	幼翔文化事業出版社	1月	19×24	24	圖畫書
女主角的秘密廚房	王淑芬著	臺北市	小兵出版社	1月	19×21	161	故事
殘狼灰滿	沈石溪著	臺北市	民生報社	1月	25	214	小說
臭皮匠哈啦啦	可白著	臺北市	小兵出版社	1月	19×21	160	散文
紫微阿斗數	林玫伶著	臺北市	小兵出版社	1月	19×21	163	散文

書名	作者（譯者）	出版地	出版社	出版日期	開數	頁數	備註
嫦娥奔月	文／方素珍 圖／林鴻堯	臺北市	國語日報社	1月	19×26	40	圖畫書
月餅裡的秘密	文／蔡惠光 圖／曹俊彥	臺北市	國語日報社	1月	19×26	40	圖畫書
創意童書繪本1-6	張倫等六人	臺北市	糖果樹文化事業公司	1月	15×16	20	圖畫書
眼鏡兄的早春情事	子安著	臺北市	幼獅文化事業公司	2月	25	235	小說
蘋果纖維	書芳著	臺北市	幼獅文化事業公司	2月	25	218	小說
考卷下的夢	鄒穎著	臺北市	幼獅文化事業公司	2月	25	217	小說
愛情123+1	周姚萍著	臺北市	幼獅文化事業公司	2月	25	191	小說
寶貝在說話	凌明玉著	臺北縣	博揚文化事業公司	2月	25	233	散文
我是角子　請你抱抱我	莊鎧壎著	臺北市	商業周刊出版公司	2月	25	153	散文
小心！小心！	文／方素珍 圖／鍾偉明	花蓮市	幼翔文化事業出版社	2月	19×24	24	圖畫書
老鼠的女兒	文／黃女娥 圖／黃淑華	臺北市	國語日報	2月	19×26	40	圖畫書
將軍站門	文／陳素宜 圖／黃淑華	臺北市	國語日報社	2月	19×26	40	圖畫書
老鼠娶新娘	文／黃女娥 圖／蔡佳霏	臺北市	國語日報社	2月	19×26	40	圖畫書
糯米山果子	文／馬景賢 圖／林鴻堯	臺北市	國語日報社	2月	19×26	40	圖畫書

書名	作者（譯者）	出版地	出版社	出版日期	開數	頁數	備註
費長房學仙	文／林良 圖／李蓁	臺北市	國語日報社	2月	19×26	40	圖畫書
小鎮的搶孤手	文／陳昇群 圖／洪義男	臺北市	國語日報社	2月	19×26	40	圖畫書
巴布的小花	文／王蘭 圖／張哲銘	臺北市	糖果樹文化事業公司	2月	21×30	27	圖畫書
巴布的假期	文／王蘭 圖／張哲銘	臺北市	糖果樹文化事業公司	2月	21×30	27	圖畫書
巴布和珍娜	文／王蘭 圖／張哲銘	臺北市	糖果樹文化事業公司	2月	21×30	27	圖畫書
沖天炮 VS. 彈子王──兒童文學小說選集1988-1998	張子樟主編	臺北市	幼獅文化事業公司	2月	25	437	小說
有情樹──兒童文學散文選集	馮輝岳主編	臺北市	幼獅文化事業公司	2月	25	555	散文
粉墨人生──兒童文學戲劇選集	曾西霸主編	臺北市	幼獅文化事業公司	2月	25	725	戲劇
白鶴之歌	管家琪著	臺北市	文經出版社	3月	25	140	童話
博士，布都與我	李潼著	臺北市	民生報社	3月	25	287	小說（再版）
再見天人菊	李潼著	臺北市	民生報社	3月	25	256	小說（再版）
孩狗 BOOK	文圖／賴致宇	臺北市	時報文化出版公司	3月	12×18.5	164	散文
兩根草	張彥勳著	臺北縣	富春文化事業公司	3月	25	250	小說
流浪狗之歌	周姚萍著	臺北縣	富春文化事業公司	3月	25	250	小說

書名	作者（譯者）	出版地	出版社	出版日期	開數	頁數	備註
一座島嶼的故事	文／羅斌、葉姿吟　畫／吳日昇	臺北市	臺原出版社	3月	29×29	36	圖畫書
小麗的天空	陳正家著	高雄市	調和國際資訊公司	3月	19×20	139	小說
深情似海	馬英九等著	臺北市	楷達文化事業公司	3月	25	185	散文
紅辣椒——趣味童詩	江寶琴編著	臺北市	頂淵文化事業公司	3月	25	219	兒童詩
目連救母	文／馬景賢　圖／張振松	臺北市	國語日報社	3月	19×26	40	圖畫書
白蛇傳奇	文／馬景賢　圖／徐建國	臺北市	國語日報社	3月	19×26	40	圖畫書
年獸阿儺	文／陳素宜　圖／葉慧君	臺北市	國語日報社	3月	19×26	40	圖畫書
火頭僧阿二	文／管家琪　圖／梁淑玲	臺北市	國語日報社	3月	19×26	40	圖畫書
投江尋父	文／楊雅惠　圖／黃麗珍	臺北市	國語日報社	3月	19×26	40	圖畫書
流浪詩人	文／林良　圖／連世震	臺北市	國語日報社	3月	19×26	40	圖畫書
臺灣民間故事（1-14集）	江肖梅編著　陳定國插畫	新竹市	新竹市政府	3月	32	各冊不同	民間故事
一盤花式蛋糕	孫幼軍著	臺北市	民生報社	3月	25	172	散文
等待一隻蝴蝶飛回	廖玉蕙主編	臺北市	幼獅文化事業公司	3月	25	121	散文
流星雨的天空	廖玉蕙主編	臺北市	幼獅文化事業公司	3月	25	135	散文

書名	作者（譯者）	出版地	出版社	出版日期	開數	頁數	備註
長鬃山羊的婚禮	張友漁著	臺北市	文經出版社	4月	25	153	童話
中國寓言故事	李炳傑編著	臺北市	國語日報社	4月	25	265	寓言
臺灣，嘰咕嘰咕	賴芳伶著	臺北市	幼獅文化事業公司	4月	25	149	民間故事
媽媽心・媽媽樹	文／方素珍 圖／仉桂芳	臺北市	國語日報社	4月	27.5×23	34	圖畫書
叫夢起床	文圖／林小杯	臺北市	信誼基金出版社	4月	18.5×20	34	圖畫書
燕心果	鄭清文著	臺北市	玉山社出版事業公司	4月	25	170	童話
天燈・母親	鄭清文著	臺北市	玉山社出版事業公司	4月	25	210	童話
丁伶郎	文／潘人木 圖／鄭凱軍 羅小紅	臺北市	三民書局	4月	25×25	57	圖畫書
九重葛笑了	文／陳冷 圖／吳佩蓁	臺北市	三民書局	4月	25×25	55	圖畫書
石頭不見了	文／李民安 圖／翱子	臺北市	三民書局	4月	25×25	57	圖畫書
智慧市的糊塗市民	文／劉靜娟 圖／郜欣、倪靖	臺北市	三民書局	4月	25×25	55	圖畫書
銀毛與斑斑	文／李民安 圖／廖健宏	臺北市	三民書局	4月	25×25	57	圖畫書
奇妙的紫貝殼	文／簡宛 圖／朱美靜	臺北市	三民書局	4月	25×25	55	圖畫書
屋頂上的秘密	文／劉靜娟 圖／郝洛玟	臺北市	三民書局	4月	25×25	53	圖畫書

書名	作者（譯者）	出版地	出版社	出版日期	開數	頁數	備註
奇奇的磁鐵鞋	文／林黛嫚 圖／黃子瑄	臺北市	三民書局	4月	25×25	53	圖畫書
紅瓦房	曹文軒著	臺北市	小魯文化事業公司	4月	25	290	小說
天使抱抱	王家珍著	臺北市	民生報社	4月	25	216	童話
姨婆的蛋	陳瑞璧著	臺北市	民生報社	4月	25	234	小說
長得不帥也是龍	溫小平著	臺北市	幼獅文化事業公司	4月	25	155	散文
魔蛋	孫晴峰著	臺北市	民生報社	4月	25	180	童話
孤兒的日記	曾寬著	臺北市	百盛文化出版公司	5月	15×21	187	小說
老師與我同年紀	黃基博著	高雄市	百盛文化出版公司	5月	15×21	198	童話
頑童阿欽	林少雯著	高雄市	百盛文化出版公司	5月	15×21	198	散文
在地球上找個家	林剪雲著	高雄市	百盛文化出版公司	5月	15×21	193	小說
天堂鳥與奶瓶刷	夏祖麗著	臺北市	民生報社	5月	25	260	散文
小星星的願望——周大觀的故事	宋芳綺著	臺北市	文經出版社	5月	25	223	傳記
牧羊豹	沈石溪著	臺北市	國語日報社	5月	25	281	小說
想念	文圖／陳致元	臺北市	信誼基金出版社	5月	19×21	33	圖畫書
我自己玩	文圖／顏薏芬	臺北市	信誼基金出版社	5月	19×21	33	圖畫書
傀儡偶仔	文／謝武彰 圖／林純純	臺北市	小魯文化事業公司	5月	1921	47	兒歌

書名	作者（譯者）	出版地	出版社	出版日期	開數	頁數	備註
春天的花仔布	文／謝武彰 圖／韓舞麟	臺北市	小魯文化事業公司	5月	19×21	47	兒歌
尾椎翹上天	文／謝武彰 圖／韓舞麟	臺北市	小魯文化事業公司	5月	19×21	47	兒歌
白雲若海湧	文／謝武彰 圖／韓舞麟	臺北市	小魯文化事業公司	5月	19×21	47	兒歌
冬節人搓圓	文／謝武彰 圖／韓舞麟	臺北市	小魯文化事業公司	5月	19×21	47	兒歌
童年故事	潘文良著	臺北市	頂淵文化事業公司	5月	25	169	故事
夢的故事	潘文良著	臺北市	頂淵文化事業公司	5月	25	162	故事
神秘禮物	文／徐永康 圖／楊雅惠	臺北市	信誼基金出版社	5月	20×21	32	圖畫書
方祖燊全集（六）——散文雜文兒童文學選集	方祖燊著	臺北市	文史哲出版社	5月	25	422	散文、故事等
童詩小集	文、攝影／黃郁文	臺南市	翰林出版事業公司	5月	25	175	兒童詩
獨狼	金曾豪著	臺北市	民生報社	5月	25	300	小說
牛埔頭牛	陳瑞璧著	臺北縣	富春文化事業公司	5月	25	207	小說
鄉下少爺進城	陳梅英著	臺北縣	富春文化事業公司	5月	25	193	故事
中秋賞月	吳訓儀著	臺北縣	富春文化事業公司	5月	25	123	兒童詩

書名	作者（譯者）	出版地	出版社	出版日期	開數	頁數	備註
小燕子南飛——四個親情與成長的寓言故事	林立著	臺北市	文經出版社	5月	25	175	童話
想像的天空	陳璐茜著	臺北縣	博揚文化事業公司	5月	25	123	散文
地球洗澡	渡也著	彰化縣	彰化縣文化局	5月	25	179	兒童詩
皮皮開心液	劉正盛著	彰化縣	彰化縣文化局	5月	25	210	童話
旋轉木馬	文／尹玲 圖／莊孝先	臺北市	三民書局	6月	21.5×24	51	兒童詩
囡仔歌教唱讀本	文／康原 曲／施福珍 圖／王美蓉	臺中市	晨星出版公司	6月	24×18.5	235	兒歌詞曲及賞析
阿德歷險記	游文君等著	臺中市	臺中師範學院語文教育學系	6月	26×19	355	童話、兒歌
標點符號歷險記	周姚萍著	臺北市	小魯文化事業公司	6月	25	200	童話
少年阿扁	吳燈山著	臺北縣	文經出版社	6月	25	175	傳記
今天不做乖兒子	洪中周著	臺北縣	富春文化事業公司	6月	25	214	小說
先跟你們說再見	文圖／林小杯	臺北市	財團法人毛毛蟲兒童哲學基金會	6月	20.5×29	40	圖畫書
月光溜冰場	文圖／林小杯	臺北市	財團法人毛毛蟲兒童哲學基金會	6月	20.5×29	38	圖畫書
再見小壁虎	鄭栗兒著	臺北市	漢藝色研文化事業公司	6月	32	167	童話
愛麗絲的童年	陳念萱著	臺北市	漢藝色研文化事業公司	6月	25	221	故事

書名	作者（譯者）	出版地	出版社	出版日期	開數	頁數	備註
聽趙樹海說的書──父子篇	趙樹海著	臺北市	水晶圖書公司	6月	15×19.5	190	散文
南極企鵝與我的對話	韓以茜著	臺北市	大塊文化出版公司	6月	15×20	175	小說
小巧的志願	文圖／黛綠	臺北市	國語日報社	6月	19.5×26.5	40	圖畫書
不會騎掃把的小巫婆	文圖／郭桂玲	臺北市	國語日報社	6月	20.5×29	32	圖畫書
三年五班，真糗！	洪志明著	臺北市	小魯文化事業公司	6月	25	171	小說
妙妙蟲兒ㄅㄆㄇ	文／謝武彰 圖／吳知娟	臺北市	國語日報社	6月	21×30	74	兒歌
有老鼠牌鉛筆嗎？	張之路著	臺北市	民生報社	6月	25	235	小說
二〇九九	侯維玲著	臺北市	九歌出版社	7月	25	160	小說
期待	林音因著	臺北市	九歌出版社	7月	25	196	小說
南昌大街	王文華著	臺北市	九歌出版社	7月	25	162	小說
蘭花緣	鄒敦伶著	臺北市	九歌出版社	7月	25	151	小說
口水龍	管家琪著	臺北市	民生報社	7月	20.5×17.5	170	童話（再版）
樹靈・塔	李潼著	臺北市	幼獅文化事業公司	7月	25	191	小說
空中飛人──喬丹	管家琪著	臺北市	文經出版社	7月	25	158	傳記
兔子比一比	賴曉珍著	臺北市	民生報社	7月	25	178	童話
大聲公	李潼著	臺北市	民生報社	7月	5×21	170	小說（再版）
大蜥蜴	李潼著	臺北市	民生報社	7月	15×21	213	小說（再版）

書名	作者（譯者）	出版地	出版社	出版日期	開數	頁數	備註
奇妙的旅行袋	謝武彰著	臺北市	民生報社	7月	25	160	散文（再版）
哈囉！巴布	文／王蘭 圖／張哲銘	臺北市	糖果樹文化事業公司	7月	21.3×29.7	26	圖畫書
淘氣的比利	文／王蘭 圖／張哲銘	臺北市	糖果樹文化事業公司	7月	21.3×29.7	26	圖畫書
我的妹妹是跟屁蟲	文圖／王秋香	臺北市	信誼基金出版社	8月	20.8×15.5	34	圖畫書
大家來說繞口令	顏福南著	臺北市	文經出版社	8月	15×21	159	兒歌
淡藍氣泡	廖玉蕙著	臺北市	幼獅文化事業公司	8月	25	225	小說
小耳	林玫伶等著	臺北市	行政院文化建設委員會	8月	16	294	童話（上中下共三冊）（臺灣省第十三屆兒童文學獎）
走進弟弟山	林芳萍著	臺北市	民生報社	8月	25	154	散文
等待紅姑娘	陳素宜著	臺北縣	富春文化事業公司	8月	15×21	150	小說
散步的小樹	徐魯著	臺北市	民生報社	8月	15×21	240	兒童詩
失眠的驢子	管家琪著	臺北市	幼獅文化事業公司	8月	25	194	童話
信巴士	周銳著	臺北市	國語日報社	9月	15×21	221	童話
紡紗女	管家琪著	臺北市	幼獅文化事業公司	9月	15×21	178	寓言

書名	作者（譯者）	出版地	出版社	出版日期	開數	頁數	備註
我是西瓜爸爸	文／蕭蕭 圖／施政廷	臺北市	三民書局	9月	21.5×24	49	兒童詩
希望的翅膀	文／郝廣才 圖／陳盈帆	臺北市	格林文化事業公司	9月	21.8×29.5	28	圖畫書
柴山新猴王	文／張友漁 圖／陳學建	臺北市	文經出版社	9月	15×21	190	童話
兒童文學創作選集21之一　散文	黃登漢編	桃園縣	桃園縣政府	9月	12×21	96	散文
兒童文學創作選集21之二　童話	黃登漢編	桃園縣	桃園縣政府	9月	12×21	120	童話
兒童文學創作選集21之三　童詩兒歌	黃登漢編	桃園縣	桃園縣政府	9月	12×21	48	兒童詩歌
阿奇的世界	陳璐茜著	臺北市	民生報社	9月	20.5×17.5	241	童話
當東方故事遇到西方童話	管家琪著	臺北市	幼獅文化事業公司	10月	15×21	169	故事
小元的夢想	羅文華等著	臺北市	臺北市立師範學院語文教育學系	10月	15×21	382	兒童詩歌
年輕的馴獸師	劉姿麟等著	臺北市	臺北市立師範學院語文教育學系	10月	15×21	336	兒童故事、寓言
兔小弟遊臺灣	文／林良 圖／仉桂芳	臺北市	國語日報社	10月	19×26	109	兒童詩
感覺的盒子	桂文亞著	臺北市	民生報社	10月	15×21	196	散文
森林裡的老精靈	黃登漢著	臺北縣	富春文化事業公司	10月	15×21	156	童話

書名	作者（譯者）	出版地	出版社	出版日期	開數	頁數	備註
阿貴不要說髒話	春水堂科技娛樂公司	臺北市	平安文化公司	10月	17×19	191	故事
科學頑童──費曼	管家琪著	臺北市	文經出版社	10月	15×21	157	傳記
新生兒童精選	臺灣新生報出版部輯	臺北市	臺灣新生報出版部	10月	15×21	199	綜合
愛麗絲的天使	陳念萱著	臺北縣	漢藝色研文化事業公司	11月	15×21	125	故事
九色鹿──敦煌神話故事	俞金鳳著	臺北市	富春文化事業公司	11月	15×21	153	故事
擁抱	文圖／莊永佳	臺北市	國語日報社	11月	26×26	27	圖畫書
婆婆與小黑兔	文圖／安致林	臺北市	信誼基金出版社	11月	21×20	23	圖畫書
嶄新的一天	陳志賢	臺北市	誠品公司	11月	28.5×12	18	圖畫書
國王生病了	文／楊英蓉 圖／柯廷霖	臺北市	信誼基金出版社	11月	21×20	23	圖畫書
迷路的小孩	金波著	臺北市	民生報社	11月	15×21	176	兒童詩
森林快逃	文／李赫 圖／繆慧雯	臺北縣	狗狗圖書公司	11月	22×29	33	圖畫書
其實並沒有風吹過	金波著	臺北市	民生報社	11月	15×21	215	兒童詩
說吧！香格里拉──雲南迪慶高原探奇	桂文亞主編	臺北市	民生報社	11月	15×21	191	散文
再來一碗青稞酒	文、攝影／桂文亞 詩／徐魯	臺北市	民生報社	11月	15×21	136	散文、兒童詩

書名	作者（譯者）	出版地	出版社	出版日期	開數	頁數	備註
帶路雞狂想曲	文／張友漁 圖／陳學建	臺北市	文經出版社	11月	15×21	191	童話
臺灣民間故事	陳千武著	臺北縣	富春文化事業公司	11月	15×21	239	故事（再版）
青春跌入迷宮	林峻楓著	臺北縣	富春文化事業公司	12月	15×21	148	小說
龍王公主	陳瑋君著	臺北市	國際少年村	12月	15×21	173	故事
白娘子	陳瑋君著	臺北市	國際少年村	12月	15×21	173	故事
桃花西施	陳瑋君著	臺北市	國際少年村	12月	15×21	157	故事
親愛的綠	王淑芬著	臺北市	小魯文化事業公司	12月	15×21	203	小說
葫蘆貓	杜白著	臺北市	幼獅文化事業公司	12月	15×21	265	散文
愛的風鈴——臺灣（2000年）兒歌一百	林文寶、嚴淑女主編	臺北市	行政院文化建設委員會	12月	15×21	103	兒歌
崑崙殤	畢淑敏著	臺北市	民生報社	12月	15×21	204	小說
銀猴之爪	葛冰著	臺北市	民生報社	12月	15×21	195	小說
疙瘩老娘	葛冰著	臺北市	民生報社	12月	15×21	173	小說
血色珊瑚	葛冰著	臺北市	民生報社	12月	15×21	169	小說
大腳婆	葛冰著	臺北市	民生報社	12月	15×21	165	小說
伴我成長	葉偉廉著	臺南縣	臺南縣文化局	12月	15×21	274	散文
兩個好朋友	楊寶山著	臺南縣	臺南縣文化局	12月	15×21	274	童話
愛的推銷員	陳義男著	臺南縣	臺南縣文化局	12月	15×21	200	兒童詩
遠足	李益維著	臺南縣	臺南縣文化局	12月	15×21	253	兒童詩
聖誕紅開	吳訓儀著	臺北縣	富春文化事業公司	12月	15×21	148	小說

二○○○年兒童文學翻譯書目

書名	作者（譯者）	出版地	出版社	出版日期	文類	頁數	備註
一百個國王	原田宗典／三千	臺北市	麥田出版公司公司	1月	寓言	143	日本
魔術圈	蘇珊娜・塔瑪洛／倪安宇	臺北市	時報文化出版公司	1月	小說	121	義大利
遇見詩人艾蜜莉	伊莉莎白・史派思／游紫玲	臺北市	玉山社出版事業公司	1月	童話	98	美國
收藏天空的記憶	珮特・布森／郭郁君	臺北市	玉山社出版事業公司	1月	小說	92	美國
撒種人	保羅・佛萊希曼／李毓昭	臺中市	晨星出版公司	2月	小說	85	美國
看見水鄉的男孩	邁克・杜瑞斯／蔡佩宜	臺中市	晨星出版公司	2月	小說	141	美國
產婆的小助手	凱倫・庫什曼／姚文雀	臺中市	晨星出版公司	2月	小說	151	美國
老鼠先生	菲力普・德朗／林舒瑩	臺北市	高寶國際（集團）公司	2月	童話	208	法國
湯姆的午夜花園	菲利帕・皮亞斯／張麗雪	臺北市	台灣東方出版社	2月	小說	296	美國
魔法莉莉1　大鬧校園	Knister／邱慈貞	臺北市	臺灣新學友書局公司	2月	童話	109	德國
到處都是豬頭	沙克斯比／竇維儀	臺北市	格林文化事業公司	2月	散文	118	英國
月亮上的沙漠	北村薰／蕭照芳	臺北市	中國知的出版社	2月	小說	138	日本
在山裡等我	佛瑞斯特・卡特／魏郁如	臺北市	小知堂文化事業公司	2月	小說	355	美國

書名	作者（譯者）	出版地	出版社	出版日期	文類	頁數	備註
小移民的天空	法蘭西斯哥・希麥內茲／陸篠華	臺北市	台灣東方出版社	2月	小說	171	美國
尋找天使的方法	大成由子／楊雁文	臺北市	中國知的出版社	3月	散文	173	日本
十三個海盜	麥克安迪／李常傳	臺北市	遊目族文化事業公司	3月	童話	341	德國
火車頭大遊行	麥克安迪／李常傳	臺北市	遊目族文化事業公司	3月	童話	325	德國
默默	麥克安迪／李常傳	臺北市	遊目族文化事業公司	3月	童話	333	德國
說不完的故事	麥克安迪／李常傳	臺北市	遊目族文化事業公司	3月	童話	476	德國
莎拉發——跑到法國的長頸鹿	麥可・艾林／諶悠文	臺北市	時報文化出版公司	3月	小說	178	美國
我想要一個家	李察・彌尼特／子鳳	臺北市	維京國際公司	3月	小說	313	美國
風兒不要來	凱倫・海瑟／廖佳華	臺北市	維京國際公司	3月	詩	223	美國
爸爸！讓我們去看世界！	春日幸子	臺北市	國際村文庫書店公司	3月	報導	203	日本
揭開《格林童話》原始全貌1	格林兄弟／李旭	臺北縣	大步文化	3月	古典童話	229	德國
鴨子啄得我滿頭包	提姆・卡希爾／吳竹雯	臺北市	胡桃木文化事業公司	3月	故事	298	美國
小荳荳的希望之旅	黑柳徹子／林順隆	臺北市	國際村文庫書店公司	4月	報導	333	日本
我那特異的奶奶	瑞奇・派克／趙映雪	臺北市	台灣東方出版社	4月	小說	245	美國

書名	作者（譯者）	出版地	出版社	出版日期	文類	頁數	備註
小王子	安東尼·聖艾修伯里／李思	臺北市	商流文化事業公司	4月	古典童話	263	法國
珊瑚島	狄奧多爾·泰勒／陸篠華	臺北市	台灣東方出版社	4月	小說	187	美國
格林成人童話1-3	格林兄弟／齊霞飛	臺北市	志文出版社	4月	古典童話	各冊不同	德國
好妻子	L. M.奧爾科特／楊玉娘	臺北市	林鬱文化事業公司	5月	小說	398	美國
印地安人的麂皮靴	莎朗·克里奇／王玲月	臺北市	維京國際公司	5月	小說	279	英國
豬頭——一籮筐	沙克斯比／竇維儀	臺北市	格林文化事業公司	5月	童話	124	英國
嗑藥	Melvin Burgess／連雅慧	臺北市	小魯文化事業公司	5月	小說	330	英國
笑與淚的故事	朱爾斯·菲佛／郭郁君	臺北市	玉山社出版事業公司	5月	童話	172	美國
喬的男孩們	L. M.奧爾科特／楊玉娘	臺北市	林鬱文化事業公司	5月	小說	409	美國
小紳士	L. M.奧爾科特／楊玉娘	臺北市	林鬱文化事業公司	5月	小說	428	美國
顫慄的角落	愛倫坡／趙美惠	臺北市	格林文化事業公司	5月	推理小說	107	美國
地心遊記	儒勒·凡爾納／楊憲益、聞時清	高雄市	宏文館圖書公司	5月	科幻小說	318	法國
小岳的故事	椎名誠／林雅慧	臺北縣	新雨出版社	5月	散文	258	日本

書名	作者（譯者）	出版地	出版社	出版日期	文類	頁數	備註
莉拉說……	西莫／王嘉文	臺北市	皇冠文化出版公司	5月	小說	230	法國
一千零一夜（十冊）	李唯中	臺北市	遠流出版事業公司	6月	古典童話	各冊不同（約400）	阿拉伯
哈利波特——神秘的魔法石	J. K. 羅琳／彭倩文	臺北市	皇冠文化出版公司	6月	小說	316	英國
孤苦無依的大野狼與七隻小羊	小澤昭巳／黃慧娟	臺北市	尼羅河書房	6月	童話	60	日本
猴子娶新娘	小澤昭巳／黃慧娟	臺北市	尼羅河書房	6月	戲劇	62	日本
不會飛的螢火蟲	小澤昭巳／黃慧娟	臺北市	尼羅河書房	6月	童話	49	日本
少年桑奇之愛	阿莫思・歐茲／林敏雅	臺北市	玉山社出版事業公司	6月	小說	126	以色列
藍色的毛毯——世界短篇小說傑作選	吳榮斌編	臺北市	文經出版社	6月	小說	223	各國
海豚的樂音	凱倫・海瑟／林靜慧	臺北市	維京國際公司	6月	小說	203	美國
初版格林童話精華篇	格林兄弟／劉子倩、許嘉祥	臺北市	旗品文化出版社	6月	古典童話	252	德國
初版格林童話集1	格林兄弟／許嘉祥	臺北市	旗品文化出版社	6月	古典童話	190	德國
初版格林童話集2	格林兄弟／劉子倩	臺北市	旗品文化出版社	7月	古典童話	186	德國

書名	作者（譯者）	出版地	出版社	出版日期	文類	頁數	備註
地板下的舊懷錶	姬特·皮爾森／鄒嘉容	臺北市	台灣東方出版社	7月	小說	270	加拿大
政治正確童話	詹姆士·芬·加納／蔡佩宜·晨星編譯	臺中市	晨星出版公司	7月	童話	136	美國
小王子	聖·修伯里／劉學真譯	臺北市	驛站文化事業公司	7月	古典童話	150	法國
燃燒的天使	海普林／陳郁馨	臺北市	格林文化事業公司	7月	小說	98	美國
新伊索寓言	Olivia & Robert Temple／黃美惠	臺北市	聯經出版事業公司	7月	古典童話	377	希臘
古堡中的小精靈	奧飛·普思樂／徐潔	臺北市	玉山社出版事業公司	7月	童話	120	德國
鬥魚	蘇西·辛頓	臺北市	麥田出版公司公司	7月	小說	159	美國
揭開《格林童話》原始全貌2	格林兄弟／王在琦	臺北縣	大步文化	7月	古典童話	243	德國
不可思議的樹果	岡田淳／黃瓊仙	臺北縣	豐鶴文化出版社	8月	童話	193	日本
教海鷗飛行的貓	路易斯·賽普維達／湯世鑄	臺中市	晨星出版社	8月	小說	159	法國
喵喵喵	蘇珊·逢薄格·薛／曾秀玲	臺北市	旗品文化出版社	8月	小說	178	美國
爸爸沒殺人	尚一路易·傅尼／吳美慧	臺北市	遠見天下文化出版公司	8月	散文	166	法國

書名	作者（譯者）	出版地	出版社	出版日期	文類	頁數	備註
Crazy	班雅明・雷貝特／陳懷明、洪翠娥	臺北市	皇冠文化出版公司	8月	小說	239	德國
親愛的卡塔娜	凱瑟琳・溫特／鄭文琦	臺北市	維京國際公司	9月	小說	333	美國
收費橋	艾登・錢伯斯／林美珠	臺北市	小知堂文化事業公司	9月	小說	318	英國
浴火重生的女孩	安蒂雅・艾許渥斯／謬靜玫	臺北市	新苗文化事業公司	9月	小說	370	英國
好小子貝尼特	艾倫曼・萊特曼／王道還	臺北市	允晨文化實業公司	9月	小說	235	美國
許我一個家	姬特・皮爾森／陸篠華	臺北市	台灣東方出版社	9月	小說	334	加拿大
回家的路	貝茲・拜阿爾絲斯／馬祥來	臺北市	台灣東方出版社	9月	小說	199	美國
黑夜魔女的秘密	岡田淳／黃瓊仙	臺北縣	風鶴文化出版社	9月	童話	190	日本
有錢人不死的地方	以撒辛格／吳佩珊	臺北市	遊目族文化事業公司	9月	故事	340	波蘭
屋頂上的小孩	奧黛麗・克倫畢斯／劉清彥	臺北市	三之三文化事業公司	9月	小說	255	美國
網路情人夢	凱蒂・塔巴斯／岳景梅、黃雅蓓	臺北市	財團法人基督教宇宙光全人關懷機構	9月	小說	246	美國
愛麗絲漫遊奇境	路易斯・凱洛／趙元任	臺北市	經典傳訊文化公司	9月	古典童話	208	英國
揭開《格林童話》原始全貌3	格林兄弟／李萍	臺北縣	大步文化	9月	古典童話	187	德國

書名	作者 （譯者）	出版地	出版社	出版日期	文類	頁數	備註
初版格林童話集3	格林兄弟／劉子倩	臺北市	旗品文化出版社	9月	古典童話	154	德國
初版格林童話集4	格林兄弟／許嘉祥	臺北市	旗品文化出版社	9月	古典童話	166	德國
慈母與我	克勞德布賈荷諾／周明佳	臺北市	高寶國際公司	10月	小說	205	法國
眾神寵愛的天才	王爾德／劉清彥	臺北市	格林文化事業公司	10月	古典童話	204	愛爾蘭
格林童話全集（青蛙王子等1-8集）	格林兄弟／楊武能、楊悅	臺北市	國際少年村	10月	古典童話	各冊不一（約165）	德國
大魚老爸	丹尼·華勒斯／余國芳	臺北市	皇冠文化出版公司	10月	小說	223	美國
伊索寓言	伊索／張莉莉	臺北市	格林文化事業公司	10月	寓言	159	希臘
把愛說出來	瓊安·艾伯羅芙／范文莉	臺北市	維京國際公司	10月	小說	194	美國
昆蟲詩人	文／法布爾 圖／梅洛英琳 譯／張瑞麟	臺北市	格林文化事業公司	10月	傳記	133	法國
王爾德的故事集	王爾德／萬發龍	臺北縣	大步文化	10月	古典童話	106	愛爾蘭
小王子	聖修伯里／莫渝	臺北市	桂冠圖書公司	11月	古典童話	182	法國
肉體的惡魔	雷蒙·哈狄格／蔡孟貞	臺北市	小知堂文化事業公司	11月	小說	207	法國

書名	作者（譯者）	出版地	出版社	出版日期	文類	頁數	備註
雙面少年	柯耶茲／小知堂文化	臺北市	小知堂文化事業公司	11月	小說	222	英國
謎宮傳奇	喬治夏濃／彭倩文	臺北市	格林文化事業公司	11月	小說	167	美國
動物大會	埃里希·凱斯特納／金洪良	臺北縣	國際少年村	11月	童話	110	德國
花粉的房間	愁·葉霓／余健慈	臺北市	經典傳訊文化公司	11月	小說	206	瑞士
瑪莎的秘密筆記	蘇珊·伯恩／盧玉	臺北市	皇冠文化出版公司	11月	小說	255	美國
小王子	安瑞·聖德士修百里／馬森	臺北縣	聯合文學出版社	11月	古典童話	172	法國
愛，要不要靈魂——生命中最大的交易	王爾德／劉清彥	臺北市	格林文化事業公司	11月	古典童話	107	愛爾蘭
揭開《格林童話》原始全貌4	格林兄弟／向秋	臺北縣	大步文化	11月	古典童話	173	德國
鳥巢之歌	鈴木守／姚巧梅	臺北市	玉山社出版事業公司	12月	詩	40	日本
矢玉四郎爆笑故事集1-6	矢玉四郎／周姚萍	臺北市	小魯文化事業公司	12月	故事	各冊不同（約80）	日本
往上跌了一跤	謝爾·希爾弗斯坦／鄭小芸	臺北市	玉山社出版事業公司	12月	詩	179	美國
雪從遠遠的天上來	布赫茲、薛弗勒、許若德兒、比奈爾／張莉莉	臺北市	格林文化事業公司	12月	散文	無頁碼	德國

書名	作者（譯者）	出版地	出版社	出版日期	文類	頁數	備註
魔法灰姑娘	蓋兒·卡森·樂文／趙永芬	臺北市	小魯文化事業公司	12月	小說	293	美國
小王子	安東尼奧·聖修伯里	臺北縣	華文網公司第六出版事業部·集思書城	12月	古典童話	178	法國
哈利波特——消失的密室	J. K. 羅琳／彭倩文	臺北市	皇冠文化出版公司	12月	小說	396	英國
慢半拍的小鵝	漢娜·約翰森／王曉曉	臺北市	玉山社出版事業公司	12月	小說	107	德國
光草·牆上的異想世界	羅伯托·皮烏米尼／呂金枝	臺北市	旗品文化出版社	12月	小說	124	義大利
夢幻火焰——煉金術與現代科學的分水嶺	珍妮特·葛里森／莊安祺	臺北市	時報文化出版公司	12月	故事	234	英國

（臺東師院兒童讀物研究中心整理）

二○○一年臺灣兒童文學論述、
創作及翻譯書目並序

一　前言

隨著四月「第一屆臺灣兒童人權高峰會」的召開，藉由聆聽來自全國各地兒童的心聲，喚起國人對兒童成長環境的重視；讓兒童討論自己關心的議題、了解兒童人權之意義，進而以與會之兒童代表作為回到校園推動兒權意識之兒童大使，推展保護兒童人權之運動的開始，足見與「兒童」相關的議題，在二〇〇一年受到極大的重視。

文建會將千禧年訂為「兒童閱讀年」，教育部也致力推廣「兒童閱讀運動」。二〇〇一年延續兒童閱讀運動，將四月一日至四月八日訂為「全國兒童閱讀週」。相關的兒童讀書會種子教師培訓活動、如何帶領讀書會、啟發兒童閱讀興趣、如何挑選兒童讀物和閱讀與教學等各項活動，都可以從二〇〇一年蓬勃的出版、活動、相關研討會及整合兒童閱讀相關資源，提供民眾及師生為了便捷兒童閱讀資訊的「兒童閱讀網站」的成立中，得知「兒童閱讀」所受到的矚目。

二〇〇一年也是臺灣兒童文學界回歸到本土的開始。為鼓勵臺灣插畫創作者以「臺灣」為主體，創作兒童圖畫書所舉辦的「國際兒童圖畫書原畫展」（1月7日至2月15日），藉由與國外的兒童圖畫書插畫作品與國內畫作交流展出，為臺灣插畫藝術活動邁向國際化鋪路。而以本土為題材的「臺灣兒童圖畫書」系列也顯示出臺灣本土畫家的畫作，確實能展現本土文化的內涵。

以下將針對出版、活動、教學與研究等方面來整理二〇〇一年兒童文學的創作與活動，並陳述臺灣兒童文學發展的現象。

二　出版

首批「臺灣兒童圖畫書」的出現顯示二〇〇一年臺灣的出版趨向

本土化、地區化的現象。而小太陽獎中的得獎作品也與臺灣本土的原住民、山川和環境息息相關。此外，配合推動兒童閱讀、親子共讀，相關的出版書籍也呈現相當活絡的景象。在專屬兒童閱讀的報紙上，今年出現漢聲《小百科ㄅㄠ報》及《國小兒童報》為兒童報紙提供更多樣的選擇。

在兒童文學獎上，除了國際性波隆那插畫展獲得相當耀眼的成績之外，國內許多文學獎也開始增設「兒童文學類」獎項，使得臺灣兒童文學在高度重視下，呈現蓬勃發展的趨勢。今年兩大報的年度好書獎，除了評審挑選出來的年度好書之外，開卷周報與中時藝文村首度合辦的「網路版開卷十大好書」，開放網路讀者票選的網路版年度好書，總計累積票數八萬三千多票，自一七四本入圍書中，分別選出「中文創作類」、「翻譯類」、「最佳童書及青少年圖書」三種獎項的年度十大好書。可以比較出市場反應與專業評審制度的差異。兩大報的年度好書獎如下：

《中國時報》二○○一年開卷好書獎

最佳青少年圖書

書名	作者（譯者）	出版者
安妮・強的烈焰青春	牙買加・金凱德著；何穎怡譯	女書文化出版公司
但願我不是一隻小鳥	莉塔・古金斯基著；林敏雅譯	玉山社出版公司
當石頭還是鳥的時候	瑪麗亞蕾娜・蘭著；林素蘭譯	玉山社出版公司
綁架之旅	角田光代著；許嘉祥譯	旗品文化出版社
與野生動物共舞	裴家騏著	幼獅文化事業公司

最佳童書

書名	作者（譯者）	出版者
0到10的情書	蘇西・摩根斯特恩著；呂淑蓉譯	台灣東方出版社
一位溫柔善良有錢的太太和她的100隻狗	李瑾倫文、圖	和英出版社
貝克的紐約	凱西・傑考布森	遠流出版事業公司
我爸爸	安東尼・布朗文、圖；黃鈺瑜譯	格林文化事業公司
狐狸孵蛋	孫晴峰文；龐雅文圖	格林文化事業公司
威斯利王國	保羅・弗萊舒門文；凱文・霍克斯圖；柯倩華譯	和英出版社
給我一件新衣服	菲德莉・貝特朗文、圖；孫千淨譯	格林文化事業公司

《聯合報》二〇〇一年最佳童書獎

繪本類

書名	作者（譯者）	出版者
叔公忘記了	班・薛克特文、圖；呂俐安譯	遠流出版事業公司
臺灣森林共和國	郭城孟文；陳一銘、鍾燕貞圖	遠流出版事業公司
在微笑的森林裡吹風	米雅文、圖	人光出版社
家族相簿	席薇亞・戴娜、提娜・克莉格文；烏麗可・柏楊圖；洪翠娥譯	和英出版社
射日	賴馬文、圖	青林國際出版公司

讀物類

書名	作者（譯者）	出版者
我家開戲院	林玫伶著；曹俊彥圖	民生報社
我不再沉默	羅瑞・霍爾司・安德森著；陳塵、胡文玲譯	維京國際公司
愛上博物館	桂雅文著、攝影	幼獅文化事業公司
有男生愛女生	毛治平著；徐建國圖	小兵出版社
光草	羅伯托・皮烏米尼著；呂金枝譯	旗品文化出版社

中時二〇〇一網路版開卷十大好書獎——最佳童書類

書名	作者（譯者）	出版者
公主的月亮	詹姆斯・桑伯文；馬克・西蒙德圖；劉清彥譯	和英出版社
小鯨魚要回家	伊莉莎白・伯瑞斯福文；蘇珊・菲爾德圖；彭尊聖譯	巨河文化公司
我爸爸	安東尼・布朗文、圖；黃鈺瑜譯	格林文化事業公司
叔公忘記了	班・薛克特文、圖；呂俐安譯	遠流出版事業公司
牛奶盒上的那張照片	卡洛琳・庫妮著；盧娜譯	新苗文化公司
來自戰地的男孩	柏納德・艾許著；史錫蓉譯	新苗文化公司
狐狸孵蛋	孫晴峰文；龐雅文圖	格林文化事業公司
家族相簿	席薇亞・戴娜、提娜・克莉格文；烏麗可・柏楊圖；洪翠娥譯	和英出版社
魔奇魔奇樹	齋藤隆介文；平二郎圖；林真美譯	和英出版社
給我一件新衣服	菲德莉・貝特朗文、圖；孫千淨譯	格林文化事業公司

（一）新書發表會

1 潘人木兒歌創作新書發表會

由民生報少年兒童組主辦，六月十六日下午二時至四時，地點為聯合報系第二大樓九樓第一會議室。

除了潘人木新書發表，會中特邀林良、馬景賢及林文寶共同研討潘人木兒歌作品的創作特色、內容及表現形式等議題。

2 「臺灣兒童圖畫書」系列新書發表會

行政院文建會策劃的系列「臺灣兒童圖畫書」十本，分別是蘇振明、陳敏捷合著的《三角湧的梅樹阿公》、賴馬《射日》、劉伯樂《奉茶》、《一放雞‧二放鴨》、《大頭仔生後生》、《勇士爸爸去搶孤》、《美術館裡的小麻雀》、《白鷺鷥的好朋友》、《小月月的蹦蹦跳跳課》、《走，去迪化街買年貨》等。以本土為題材的兒童圖畫書不僅文字深淺要拿捏得宜，還要趣味、生動、耐看、有本土文化內涵。負責出版的青林出版公司將透過全省各地的兒童、親子、班級讀書會，推廣圖畫書閱讀活動，並且設計超大開本的「大書」，方便教師或讀書會帶領人運用大書帶領小朋友討論及分享。

3 《周伯陽全集》新書發表會

十一月二十六日由新竹市文化局舉行二〇〇一竹塹文學獎頒獎典禮暨《周伯陽全集》新書發表會，另邀市立兒童合唱團、舞苓舞集，重新詮釋周伯陽和其他音樂人合弦、共鳴的經典兒歌代表作。《周伯陽全集》由新竹縣峨眉國小教師吳聲淼，深入採集這名本土兒歌創作者一生多采多姿的創作園地。全書共分成周伯陽的日文詩歌集（一）（二）、中文詩集兒童歌曲集、劇本集、兒童故事集六冊。並出

版吳聲淼老師撰寫之「周伯陽與兒童文學」研究論文。

（二）全球最暢銷的童書《哈利波特》拍成電影，奇幻文學（Fantasy）引起重視

去年英國女作家羅琳創作的《哈利波特》系列，在全球引起銷售熱潮。今年這股熱潮隨著《哈利波特——神秘的魔法石》電影的上映，引發奇幻文學（Fantasy）的再度受到重視。其中托爾金的《魔戒》三部曲，也因電影上映引發閱讀熱潮。

（三）閱讀相關書籍出版熱絡

隨著兒童閱讀的受到重視，出版社也因應市場的需求，出版如何經營讀書會、兒童閱讀活動等相關書籍。如：《打造兒童閱讀環境》、《說來聽聽——兒童、閱讀與討論》、《閱讀生機》、《從聽故事到閱讀》、《教孩子輕鬆閱讀》、《閱讀的十個幸福》、《親子閱讀指導手冊》、《青少年讀書會 DIY》、《終生學習就從兒童閱讀開始——九十年度全國兒童閱讀週專輯》、《小小愛書人》、《歡喜閱讀》、《打開親子共讀的一扇窗》、《和小朋友玩閱讀遊戲》、《踏出閱讀的第一步》等書。

（四）各縣市文化局收錄兒童文學作家作品

各縣市文化局出版作家作品集，都會收錄兒童文學作家作品。如《磺溪文學第九輯——彰化縣作家作品集》中收錄兒童故事：巫仁和的《三個怪醫生》。臺南縣文化局的南瀛作家作品集——楊寶山的《兩個好朋友》及《我的學生鄭吉祥》。

（五）資策會資訊科學展示中心出版八本電腦圖畫書

「孩子的第一套電腦圖畫書」系列叢書，由資策會資訊科學展示

中心出版，結合管家琪等國內知名兒童文學家及插畫家共同創作，是一套突破性的幼兒電腦繪本教材，讓「想像」和「電腦」做朋友，讓「創作」和「生活」結合的作品。

　　八本分別為《安安的生日禮物》、《打開！快打開！》、《尋找小白》、《小強跑進電腦裡》、《小偉的滑鼠》、《愛的電子信》、《喇叭的故事》、《我看見我的夢》。

（六）兒童文學獎

　　臺灣兒童文學獎逐漸受到重視，除了原有獎項之外，可以從今年許多文學獎都增設兒童文學獎項目看出來。同時最促進創作者與評審、讀者的距離及交流的機會，許多獎項並藉由頒獎典禮，同時舉行學術研討會、新書發表會或座談會。

1 波隆那兒童插畫獎

　　二○○一年波隆那國際兒童書展四月四日至七日起在義大利波隆那展出，國內六位插畫家的作品，經大會評選為佳作，分別是：王家珠（《星星王子》，格林文化出版）、張又然（《阿里山的櫻花》，格林文化出版）、龐雅文（《小狗阿疤》，格林文化出版）、閔玉貞（《青春之泉》，九童國際文化出版）、吳月娥和王美玲（《大比爾和小比利》，九童國際文化出版）。這也是我國童書出版界，在這項世界性展覽裡成績最好的一次。

　　波隆那國際兒童書展在國際童書出版界頗富盛名，今年是第三十六屆，國內的出版商從八年前開始參與，年年都有令人刮目相看的成績。中華民國臺灣館今年共有十五家出版業共襄盛舉，包括格林文化出版社、國語日報社、信誼基金會、親親文化等。

2 第九屆陳國政兒童文學獎揭曉

由台灣英文雜誌社和中華民國兒童文學學會主辦的「第九屆陳國政兒童文學獎」，經過縝密的評審過程，得獎名單揭曉，頒獎典禮訂於二〇〇一年十一月二十四日舉行。

圖畫故事類，首獎：曹瑞芝《好癢！好癢！》。優選獎：陳思穎《我有兩隻腳》。佳作獎：黃文玉《小小花豹阿不達》。新人獎：張富容《黏不住的大紅鞋》。

兒童散文類，首獎：鄭宗弦《阿公的紅龜店》。優選獎：嚴淑女《睫毛上的彩虹》。佳作獎：林淑芬《大榕樹小麵攤》。新人獎：洪雅齡《下雨囉》。

3 第十四屆中華兒童文學獎由插畫家仉桂芳獲得

第十四屆「中華兒童文學套」得獎名單揭曉，本獎是由財團法人彥棻文教基金會、中華民國兒童文學學會聯合辦主，贈獎典禮訂於二〇〇一年十一月二十四日舉行。本屆以美術類為受理對象，由插畫家仉桂芳女士獲得，得獎作品為：《媽媽心・媽媽樹》、《漁港的小孩》、《兔小弟遊臺灣》、《HOPE 希望》、《夢想的翅膀》、《彼得與狼》。

4 臺灣省第十四屆兒童文學創作獎揭曉，共二十三人獲獎

由文建會中部辦公室主辦，臺中圖書館承辦的「臺灣省第十四屆兒童文學創作獎」在三月二十四日得獎名單揭曉：

首獎：陳昇群〈名字離家〉。優等獎：薛恭貴〈出地球記〉、劉丁財〈發現寶格2001〉。佳作：夏婉雲〈通關密語〉、吳常青〈不可能的盒子〉、陳景聰〈小天使學壞記〉。入選：辜輝龍〈書蟲與瞌睡蟲〉、呂玫芳〈梅花爺爺〉、鄭丞鈞〈白頭翁與木棉樹〉、鄒敦伶〈叮咚，咚

叮，叮叮咚與叮叮咚咚〉、何如雲〈時間醫師〉、洪志明〈美麗的倒影，是誰的？〉、林德姮〈返老還童〉、廖炳焜〈我好想吃山葡萄〉、呂紹澄〈妳決定了嗎？〉、陳佩萱〈鶴舞大賽〉、陳啟隆〈小青蛙大將軍〉、林淑芬〈維納斯與觀音〉、張雲晴〈維多變成魚〉、洪子薇〈貓頭鷹茶凍〉、謝明芳〈巫婆的掃把〉、張惠喬〈旋轉木馬的心事〉、范富玲〈可樂海的秘密〉。

5 第九屆「現代兒童文學獎」頒獎

由九歌文教基金會主辦，文建會贊助的「現代兒童文學獎」，於五月二日公布名單並舉行頒獎典禮。得獎者共有八位，鄭宗弦作《媽祖回娘家》獲行政院文化建設委員會特別獎，第二名：馮傑《少年放蜂記》、第三名：王晶《超級小偵探》。佳作五名：陳貴美《送奶奶回家》、林音因《藍天使》、王文華《再見，大橋再見》，臧保琦《河水，流啊流》、陳肇宜《我們的山》。

6 第十三屆信誼幼兒文學獎

信誼幼兒文學獎成立於一九八八年，為國內首創針對幼兒而設立的獎項，積極獎勵本土幼兒文學創作及培育幼兒文學創作人才，徵稿作品經由初選後選出圖畫書創作類十二件，文字創作類九件，讓入圍者參與「圖畫書創作充電營」修改後再進行決選。由於研究顯示零至三歲是兒童親近閱讀的良好時機，因此本屆徵獎辦法特別在年齡層上做一個區隔，分為適合零至三歲及三至八歲幼兒的圖畫書作品，期望帶動零至三歲幼兒閱讀的風氣。

為了推廣零到三歲的幼兒文學創作，在本屆信誼幼兒文學獎頒獎典禮期間，舉行三場「零至三歲幼兒圖畫書」學術討論會，提出當前專業的教育理論做後援，加強早期建立幼兒閱讀的觀念。

去年以《想念》獲得評審委員推薦獎的繪本新秀陳致元，以《小魚散步》獲圖畫書創作首獎。去年獲圖畫書創作佳作獎的顏薏芬，以《短頭髮》再獲佳作獎，文字創作獎首獎從缺，孫藝泉《海豬》、林淑珍《美妙的聲音》獲佳作獎。

7 第四屆「用愛彌補」兒童文學獎揭曉

羅慧夫基金會為了推廣「喜歡自己‧也喜歡不一樣的朋友」的理念，特別舉辦「用愛彌補」兒童文學獎，此活動得到中美和文教基金會與裕隆汽車社福基金會贊助，並計畫將獲得金獎及銀獎的作品編印成冊，且在基金會網站呈現。臺北市康寧國小三年級李宗澤以《小象德德》獲得第一名金獎，這項作品充分表現「樂觀開朗的態度，面對他必須自己獨立面對的問題」的理念。榮獲第二名銀獎的臺北市士林國小五年級張允，作品為《紅果樹又紅了》「珍貴的友誼比雄壯威武的犄角來得寶貴」。

8 第四屆「國語日報兒童文學牧笛獎」揭曉

第四屆國語日報牧笛獎圖畫書組得獎人是：蔡兆倫〈我睡不著〉、莊河源〈動物節快樂〉、余麗婷〈家有怪物〉、童嘉瑩〈像花一樣甜〉、馮治蜚〈仔仔的撲滿豬〉、謝佳玲〈月亮別追我〉；童話故事組得獎人是：王文華〈我不是小鬼〉、林哲璋〈喜歡高空彈跳的微笑蜘蛛〉、賴曉珍〈幸運的小布〉、周銳〈Ｂ我消滅Ａ我〉、王素涼〈龜兔新傳〉、許榮哲〈讓人幸運的蟾蜍〉、林瓊芬〈屋頂上的紅巫婆〉、陳沛慈〈觔斗雲找工作〉。

贈獎典禮，由臺北市東門國小周彤和臺北縣秀山國小的華浩翔合作，串聯十四本得獎作品演出的一段小短劇，為典禮帶來活潑的氣氛。另外，國語日報出版中心舉辦了牧笛獎新書發表會，讓作者和讀者分享閱讀與創作的感動。

9 獻給新世紀兒童的童詩童話海峽兩岸聯合徵文

為了促進兩岸文化交流而舉辦的「獻給新世紀兒童的童詩童話」兩岸徵文活動，是由國語日報、上海少年報、行政院文建會、金車教育基金會主辦，臺東師院兒童文學研究所協辦。臺灣地區收件六八○篇，大陸收件八二○篇，從中選出十六位得獎者。從這次聯合徵文中發現了不少兒童文學的新人，對促進兩岸兒童文學的發展有積極的推動作用。兩岸作家對童心、對仁愛、對環保都表現出強烈關注。頒獎典禮二○○一年十二月二十二日，在《國語日報》及《上海少年報》同步舉行，並同時舉辦「海峽兩岸童詩童話創作比較座談會」。

得獎作品如下，童詩組：臺灣地區──特優：顏肇基〈野薑花的婚禮〉。優選：沈秋蘭〈夜裡的海〉。佳作：黃子恩〈午休〉、陳昇群〈想念〉。大陸地區──特優：張興武〈編輯地球〉。優選：王宜振〈春天的歌〉。佳作：呂麗娜〈蘑菇學校〉、虞運來〈雨刷子〉。

童話組：臺灣地區──特優：林哲璋〈快樂的麻繩〉。優選：白淑菁〈大青石圓夢記〉。佳作：吳燈山〈靈石記〉、林峻堅〈一二三稻草人〉。大陸地區──特優：楊紅櫻〈最好聽的聲音〉。優選：羅潔〈北極熊的禮物〉。佳作：閔小伶〈不老的戚美麗〉、常星兒〈打扮成男孩的小野兔〉。

10 「新竹縣吳濁流文藝獎」增設兒童文學獎

二○○一年「新竹縣吳濁流文藝獎」在徵文類別上由原有的小說、散文、現代詩，增加兒童文學項目。首獎由蘇麗瑜〈變貓記〉獲得。貳獎：王素琴〈胖胖鼠〉。參獎：范富玲〈土地婆婆不在家〉。佳作共三名，楊隆吉〈老王的快遞公司〉、林蕙芩〈一起歌唱〉、劉勝雄〈尋找雲母精靈〉。

11 第九屆南瀛文學獎

臺南縣文化局為鼓勵更多人員參與地方文學傳承與創作，開辦了「南瀛文學獎」。第九屆「南瀛文學創作獎」在徵文類別增加兒童文學項目，含故事、童話、寓言，二千字至五千字為原則。但是必須具備臺南縣籍者、現於臺南縣就讀、工作者，或曾於臺南縣就讀、工作者才能參加。

12 第八屆師院生兒童文學創作獎

師院生兒童文學創作獎今年由新竹師院承辦。徵選類別由以往的童話和兒歌改成兒童散文和兒歌。共計收到兒歌四六五件，兒童散文三四八件，每個類別選出首獎一名，優等獎三名，佳作十七名，共有四十二人獲獎。兒歌類，首獎：臺北市立師範學院王月靜。優等獎：周季儒、蔡志勇、呂雅麗。佳作：郭愷君等十七人。兒童散文類，首獎：臺中師院謝瓊儀。優等獎：崔雅雯、洪雅齡、莊幸芬。佳作：郭韻涵等十七人。所有得獎作品、評審評語及指導老師的話集結出版《斑馬雲》兒童文學創作獎作品集。

（七）兒童讀物評選

1 新聞局金鼎獎

由行政院新聞局主辦的「九十年金鼎獎」中，雜誌類：《親親自然雜誌》獲得兒童及少年類「雜誌出版金鼎獎（團體獎）」；《幼獅少年雜誌》、《小牛頓雜誌》及《國語日報週刊雜誌》獲得兒童及少年類「優良雜誌出版推薦」。圖書類：《林海音作品集》及《臺灣風土系列》獲文學創作類及兒童及少年讀物類「圖書出版金鼎獎（團體獎）」；《兔子比一比》、《想念》、《聽筒裡的萬花筒》獲得兒童及少年讀物類「優良圖書出版推薦」。

2 第十九次中小學生優良課外讀物推介暨第六屆小太陽獎

由行政院新聞局主辦的「第六屆小太陽獎」，自「第十九次中小學生優良課外讀物推介」的圖書中選出七個出版獎與三個個人獎。得獎名單如下：

（1）小太陽出版獎

圖畫書類：《射日》（賴馬著，青林國際出版公司）。

科學類：《永遠的瑰寶——太魯閣峽谷》（王執明等十六位著，大地地理文化科技事業公司）。

人文類：《裨海紀遊新注》（陸傳傑著，大地地理文化科技事業公司）。

文學語文類：《樹靈‧塔》（李潼著，幼獅文化事業公司）。

叢書、工具書類：《國台英成語繪本》（護幼社製作群著，護幼社文化事業公司）。

漫畫類：《九族創世紀——臺灣原住民的神話與傳說》（國立編譯館主編，南天書局公司）。

雜誌類：《小小牛頓21　多媒體百科書誌》（牛頓出版公司著，牛頓出版公司）。

（2）小太陽個人獎

最佳編輯：貢舒瑜《幼獅少年》

最佳插圖：林麗琪《林麗琪的秘密花園》

最佳美術設計：裴蕙琴《貓打嗝@搖尾河岸》

（八）兒童相關報紙成立

1 漢聲創辦兒童週報：《小百科ㄅㄠ報》

《小百科ㄅㄠ報》每週五固定出報，以兒童週報的型式和小讀者們見面。報中以大量漫畫、十二版中有十版全彩的方式呈現。其五大目標為自我管理、能力的提升、知識的拓展、全人格教育、走進社會。希望藉由提供五大目標的豐富內容，讓孩子能有更遼闊的視野及胸襟迎向二十一世紀。

2 國小兒童報出刊

由高雄少年兒童報社出刊的國小兒童報是繼兒童日報停刊後，與國語日報皆為專屬兒童的日報。內容包羅萬象包含焦點新聞、文教新聞、鄉土報報、大陸風情、藝術列車、經典文學、童話故事、雙向溝通、知識新聞、e科技教室、環保教室、自然教室、英文教室、作文教室、數學教室、健康教室等。

三　活動

二○○一年可以說是兒童閱讀年，由於教育部及文建會大力推廣閱讀活動，民間也舉辦多項與閱讀相關的研習活動、兒童讀書會種籽教師培訓，加上各項圖畫書原畫展及兒童戲劇研習活動，讓二○○一年的兒童文學活動呈現多元及多采的現象。

（一）「波隆那國際兒童插畫展」暨「臺灣圖畫書原畫展」

第八屆臺北國際書展（二月一日至六日）於臺北世貿展覽中心揭幕，邀請二○○○年國際安徒生大獎得主安東尼布朗（Anthony

Browne）、曾經三度獲得美國凱迪克獎的華裔美籍兒童插畫家楊志成
（Ed Young）來臺參與盛會。

為鼓勵臺灣插畫創作者以「臺灣」為主體，創作兒童圖畫書所舉
辦的「國際兒童圖畫書原畫展」（一月七日至二月十五日），藉由與國
外的兒童圖畫書插畫作品與國內畫作交流展出，為臺灣插畫藝術活動
邁向國際化鋪路。

臺中縣立港區藝術中心（一月六日至二月十一日）也展出「新世
紀兒童書插畫展」，包括「波隆那國際兒童書插畫展」、「HOPE 特
展」和插畫家安東尼布朗的小型個展。其中「HOPE 特展」則是十四
國四十位插畫家特別為九二一災區小朋友所畫，把他們對災區孩子的
關心化為插畫，以圖畫治療孩子受創的心靈。

（二）跨越閱讀的藩籬──推廣兒童閱讀國際經驗交流研討會

閱讀需要從小開始，然而，閱讀的推動成效常受到地區與文化條
件的影響。處於文化劣勢下的兒童，無法擁有充分的閱讀權利。因此
「臺灣閱讀協會」與「信誼基金會」，邀請在國際間具有兒童閱讀推
動實務經驗的學者、專家，喬龍慶博士──美國科技教育協會「認養
鄉村學校圖書室」計劃發起人；廣瀨恆子──社區閱讀活動推動代
表，分別在臺北三月三十一日臺灣大學理學院思亮館、桃園四月一日
桃園市東門國小視聽中心、高雄四月三日高雄市市立圖書館中興堂三
區進行經驗交流，分享珍貴的資訊，並建立有效的學習途徑。

（三）「九十年度全國兒童閱讀週」系列活動

九十年度全國兒童閱讀週各項活動二○○一年四月一日至八日在
全國各地隆重展開。本活動在教育部長曾志朗大力推動下，北、中、

南、東及離島地區都有相關活動。此外，教育部還特別編製一本「閱讀手冊」，提供兒童閱讀週期間各地區所舉辦的活動訊息、有關各年齡層學童兒童閱讀的知識與技巧，以便家長按圖索驥和參考，並舉辦「全國兒童讀書週徵文比賽」。活動重要性在於引發國人對於兒童閱讀的重視，及良好閱讀習慣與態度的養成。協辦單位如：國語日報社、新學友書局及新學友文教基金會、金車文教基金會、讀者文摘雜誌社等均投入本項活動中。

（四）「世界兒童畫展」在高雄登場

中華民國第三十二屆世界兒童畫展在高雄市中華藝術學校畫廊展覽到二○○一年十一有二十九日止，來自全球五十五個國家，六五○件的參展作品。這些來自世界各地的畫作，將展現不同的國家風情與社會民情，將激發小朋友的想像力及創意。

（五）第五屆全國讀書會博覽會

由文建會策劃，第五屆全國讀書會博覽會由臺東縣文化局承辦，臺東師範學院兒童文學研究所協辦。時間為二○○一年十月十三至十四日。為了推廣長青族終身學習觀念，鼓勵家庭「親子共讀」，本年度的全國讀書會博覽會主題特別訂為「長青暨親子讀書會」。活動特色主要包括：各類型讀書會成果展示、圖書展示、戶外巡禮。廣邀國內知名出版社展示新書、好書和優良兒童讀物，並出版本年度讀書會調查名冊，也舉辦讀書會現況、面對瓶頸及未來發展的綜合座談。

（六）文建會兒歌一百徵選活動

「文建會兒歌一百徵選活動」由臺東師院兒童及系研究所承辦。經過縝密的初審、複審、決審階段，針對不同語言聘請二十八位專業

評審，共選出社會組、兒童組國語、客語、閩南語、原住民組得獎作品共八十七首，所有得獎作品製作兒歌集四千本及五千片唸唱 CD，提供各界參考，作為推廣之用。頒獎典禮於二〇〇一年十二月二十二日在臺北市立圖書總館隆重舉行，由鞋子劇團規劃頒獎典禮及表演節目，總計有二一四人參與盛會。文建會陳郁秀主委更親臨主持頒獎典禮，她希望讓每年選出百首兒歌，十年就有一千首的願景可以達成。因此為了鼓勵臺灣各族群都能為兒童創作屬於自己族群的美麗兒歌，這樣有意義的活動將會持續舉辦，此次徵選開創原住民、客語、閩南語等族群兒歌的書寫，引領臺灣兒歌的創作風潮。

（七）兒童文學寫作夏令營

為推廣兒童文學寫作，中華民國兒童文學學會暨國語日報合辦「兒童文學寫作夏令營」。邀請知名的兒童文學作家及學者擔任講師，課程內容包括「談圖畫書與童話」、「圖畫書的插畫與布局藝術」、「童話寫作理論與技巧分析」、「童話寫作實務」等，授課講師包括林良、曹俊彥、陳正治、張嘉驊等人。研習活動從二〇〇一年七月十六日到七月二十二日舉行，研習地點在國語日報社。

（八）全國兒童閱讀種子教師研習會

為推動兒童閱讀運動，教育部除擬訂「兒童閱讀三年計畫」，是以幼稚園兒童、國小學生及家長與老師為主要對象，內容包括發起「全國兒童閱讀週」等活動。在種子教師研習方面，並由國立臺北師範學院初等教育學系承辦〈全國兒童閱讀種子教師研習會〉，於二〇〇一年二月六日至十三日起展開三梯次研習。加強國小教師有關閱讀教學的理論基礎，並提升國小教師閱讀指導的實作技巧。課程包括「閱讀場的經營」、「閱讀與兒童發展」、「創思的閱讀教學」、「童書的

選擇」、「閱讀好書」、「九年一貫統整課程閱讀融入」、「思考啟發性閱讀指導技巧」、「閱讀與兒童發展──閱讀理解與閱讀教學」、「閱讀指導的探討與實作」等。參與研習的種子教師將返回原任教學校實際辦理讀書會或閱讀指導，一個月後舉行「全國兒童閱讀種子教師研習成果發表會」。

（九）「閱讀百分百‧三十好精彩」系列活動

二○○一年暑假開始進行的「閱讀百分百‧三十好精彩」系列活動是由國語日報、民生報、幼獅出版社、聯經出版事業公司等單位共同舉辦。其中「愛的成長──名人說故事」邀請教育部長曾志朗和兒童文學作家林良、兒童節目主持人趙自強，十一月八日上午連袂到臺北市東門國小為小朋友說故事，成功地帶動親子的閱讀風潮。而「在愛中成長──兒童班級讀書會種子師資培訓班」課程，邀請到臺北市大橋國小校長林玫伶、政大實小教師沈惠芳主講班級讀書會的經營與管理；幼獅少年總編輯孫小英、民生報少年兒童叢書主編桂文亞，以及國語日報出版中心經理蔡惠光也在課程中與家長、教師分享經驗，協助各校以及有興趣推廣的愛書人成立兒童讀書會，落實兒童閱讀活動。

（十）兒童讀書會種子研習營

臺北市立圖書館總館、天衛文化出版社、臺東師院兒童文學研究所合辦「兒童讀書會種子研習營」，時間為二○○一年七月三十一日及八月二十七日。旨在配合教育部推廣兒童閱讀活動，培養帶領兒童讀書會的種子教師。

（十一）「書香下鄉文化根植社區──打造書香巡迴圖書車」活動

今年延續教育部推行兒童閱讀年，由文建會委託臺東師院兒童文學研究所繼續主辦書香下鄉、文化根植社區等系列活動，時間為六月至十一月。

1 圖書巡迴暨校園說故事活動

邀請資深帶領人巡迴臺東縣偏遠小學二十餘所進行校園、社區說故事活動。推動校園、社區說故事活動，並以巡迴圖書車方式，使參加者人手一書，將書香散播至邊陲地區

2 辦理四場「故事媽媽成長課程講座」

鼓勵媽媽積極參與說故事活動，分四場次進行，主題為如何演說故事、童書的欣賞與挑選、閱讀氛圍的營造、親子共讀的樂趣等。

（十二）兒童戲劇師資研習營──「一起來抓馬」師資培訓營

由如果兒童劇團承辦的文建會二○○一年度兒童戲劇推廣計畫──「一起來抓馬」師資培訓營。研習主旨是讓老師透過實際的操作，以落實戲劇教學的功能，並融入小學教育課程。研習內容從對戲劇教育的初步認識開始，讓老師們未來能在學校裡以戲劇元素，塑造充滿創造力的學習環境，藉以達到教育的目的，讓學習也能充滿樂趣。

（十三）「閱讀學校與閱讀教室模式建立計畫」

臺東師院兒童文學研究所承辦由教育部委託的「閱讀學校與閱讀

教室模式建立計畫」，時間為二○○○年二月至二○○一年二月。主要目的是辦理九所示範學校師資培訓、親師研習、參觀模範圖書館、改善圖書設備等。希望藉由閱讀模式示範學校之建立，以為其他學校之典範，以達教育部推展全民閱讀運動之目的。並將示範學校辦理過程、心得，彙編成《閱讀生機》一書，發送全國四千多所中小學，以為參考。

（十四）「親子共讀種籽帶領人培訓計畫」

臺東師院兒童文學研究所承辦由教育部委託的「親子共讀種籽帶領人培訓計畫」，時間為二○○一年一月至九月。主要目的是結合臺東地區人力資源，共同策劃閱讀計畫，希望藉由辦理親子共讀帶領人培訓課程，提升種子教師的帶領能力，共同推動親子共讀活動，以配合政府推行之全國兒童閱讀運動。同時整合民間社區人力資源，廣徵鄉鎮優秀志工投入親子共讀帶領行列，使閱讀運動之推展更加深廣。同時鼓勵家長與親子共同閱讀，增進親子和諧關係，培養家庭閱讀習慣，增進親子創造思考與語言文字表達能力。

（十五）「臺東人圖書饗宴圖書大展」暨演講、座談會

兒文所與臺北市出版商業同業公會、臺東師院圖書館合辦之「臺東人圖書饗宴圖書大展」。

1 活動一：「e 世紀圖書出版品校園展示會」

時間：二○○一年六月八日至十二日上午十時至下午五時
地點：臺東師院學生活動中心

2 活動二：「臺東人圖書饗宴」，演講及座談會內容

第一場

時間：二〇〇一年六月九日上午九時三十分

地點：臺東師院演藝廳，由劉鳳芯進行「談兒童閱讀」的專題演講

第二場

時間：下午二時三十分

由鄭清文主講「童話寫作經驗」。第一場座談會主題「出版學校家庭與童書」，由邱各容主持，曾世杰、馮季眉、劉鳳芯引言。第二場座談會：主題「青少年文學的寫作與閱讀」，由林文寶主持，李赫、杜明城、鄭清文引言。

四　教學與研究

二〇〇一年兒童文學的教學與研究更是蓬勃地發展，就研討會及座談會而言有下列場次：

（一）兒童文學、閱讀與通識教育學術會議

時間：五月四日上午九時三十分至下午五時三十分

地點：臺東師院演藝廳

由於教育部正推行全國性兒童閱讀活動，兒童文學的種種文類，包括寓言、童話、神話、故事、詩歌等為孩童提供科學想像的材料、社會關懷的基礎、文化的涵養及最根本的語言能力。此研討會目的將兒童文學與閱讀、閱讀與通識教育、通識教育與兒童文學結合，讓參與者對兒童文學、閱讀或通識教育有更深刻的認識。由黃春明進行專題演講，並進行「談兒童文學與閱讀」、「談閱讀與通識教育」和「談兒童文學與通識教育」三場論文發表及綜合座談。

（二）第五屆全國兒童文學與兒童語言學術研討會

時間：五月四至五日

地點：靜宜大學

由靜宜大學文學院主辦，臺灣省兒童文學協會承辦，靜宜大學中文系、英文系、西文系、兒福系、日文系、圖書館視聽中心協辦之研討會，由文學院胡森永院長主講「藝術作品的幻想及其審美情趣」揭開序幕後，進行五場有關「圖畫書、童話、少年小說與 fantasy」、「童話與圖畫書」、「傳統故事與少年小說」為主題的研討，最後專家學者進行以「幻想在兒童文學中的意義和創造性」為主題的綜合座談，並出版《第五屆全國兒童文學與兒童語言學術研討會論文集》。

（三）第八屆師院生兒童文學創作發表會暨學術討論會

時間：五月十九日至二十日

地點：新竹九華山莊

第八屆師院生兒童文學創作獎在新竹進行作品發表會暨學術討論會。發表會邀請得獎人、指導老師及評審委員針對作品進行發表及討論。並舉辦兩場專題研討，邀請馮輝岳、陳素宜談兒童散文，杜榮琛、劉興欽談兒歌，進行互動式較高的專題討論，使創作者有與作家直接對談的機會。

（四）中國大陸兒童文學研究創作與出版現象研討會

時間：六月十七日上午十時二十分

地點：國語日報社

海峽兩岸兒童文學研究會第三次會員大會，會中並舉辦「中國大陸兒童文學研究創作與出版現象研討會」。臺東師院兒童文學研究所所長林文寶表示，大陸的兒童文學起步比臺灣晚，而且目前沒有正式

的兒童文學研究所，因此研究生的人數有限。民生報兒童組汪淑玲則指出，臺灣出版的大陸兒童文學作品，以成長小說居多，與本地作家不同的表現手法，提供臺灣小朋友不同的閱讀層面。另一個值得臺灣出版界重視的現象，則是大陸出版社積極向國際主場進軍的努力。

　　兒童文學作家管家琪日前觀察大陸出版市場後，分析大陸目前的兒童讀物走向，以好玩的、有遊戲性的題材或表現手法，較能獲得親子讀者青睞。

（五）兒童文學資深作家作品研討會 —— 林鍾隆先生作品研討會

　　時間：十月七日上午九時三十分至下午四時三十分
　　地點：臺北市立圖書館總館十樓會議廳

　　「兒童文學資深作家作品研討會」一九九九年以林海音、潘人木先生的作品展開研討；二〇〇〇年以不論在兒歌、散文、童話及理論各方面創作皆非常豐富的林良先生作品為討論主題。除了向在兒童文學界耕耘多年的資深作家致以崇高的敬意之外，更能從整理他們的生平、創作、理論等著作，建立完整的臺灣兒童文學史人物志。

　　二〇〇一年以林鍾隆的作品為主，從其創作、翻譯、少年小說、童話、兒童詩創作的理念及特色進行探討。會中發表〈林鍾隆兒童文學創作研究〉、〈林鍾隆的童話作品與創作理念探討〉、〈從《阿輝的心》看林鍾隆先生少年小說創作之特色〉等論文，並以「林鍾隆先生與兒童文學」為題進行綜合座談。

（六）二〇〇一年兩岸兒童文學交流座談會

　　時間：十一月一日上午十時至中午十二時
　　地點：臺北市快雪堂

　　由國語日報社、海峽兩岸兒童文學研究會、兒童文學學會主辦的
「二〇〇一年兩岸兒童文學交流座談會」，主要是北京師範大學副校
長鄭師渠率領大陸學者、專家、出版社副總編輯、兒童文學作家、兒
童電影工作者來臺灣參與「華文世界兒童文學學術研討會」，希望藉
由此機會與臺灣兒童文學工作者、出版業界進行交流與對談，座談主
題為「兩岸少兒閱讀取向之比較」，藉由對話了解「新世紀、新世
代、兩岸的少年兒童閱讀興趣及閱讀趨勢有何異同？」及「新世代閱
讀趨勢，對兒童文學創作又有何影響？」。臺灣參與人士有馬景賢、
蔣竹君等約十五人。

（七）華人世界兒童文學學術研討會

　　時間：十一月二日至四日
　　地點：臺東師院演藝廳
　　由教育部指導，臺東師院兒童文學研究所、兒童讀物研究中心合
辦之「華文世界兒童文學學術研討會」。主要針對如何促進華文世界
兒童文學的發展進行交流，並針對海峽兩岸三地兒童文學的交流、華
文世界兒童文學的未來進行座談會。
　　有來自馬來西亞、香港、日本、大陸和臺灣多位兒童文學界的學
者專家蒞臨與會，北京師範大學副校長鄭師渠帶領多位學者、出版業
者、作家來臺參訪。會中發表二十三篇論文、臺灣十二篇、大陸八
篇、香港二篇、日本一篇。馬來西亞兒童文學學者愛薇、日本兒童文
學作家中由美子，香港兒童文學協會會長潘明珠參與座談，藉由研討
會達到華文世界兒童文學交流的目的，並研討兒童文學文學未來發
展，共有三百多位中外學者、兒童文學文學工作者、出版業者及教師
參與盛會。

（八）海峽兩岸童詩童話創作比較座談會

時間：十二月二十二日下午二時三十分至下午四時

地點：國語日報五樓第一會議室

由國語日報、上海少年報、行政院文建會、金車教育基金會主辦，臺東師範學院兒童文學研究所協辦的「海峽兩岸兒童文學徵文活動──獻給新世紀兒童的童詩童話」，為了促進創作者與評審的交流，在贈獎典禮典禮之後，特別舉辦「海峽兩岸童詩童話創作比較座談會」，邀請評審及兒童文學界的專家與得獎者、與會者進行座談。會中對於「兩岸創作形式的探討」、「主題及取材的選擇」、「語言表達技巧的比較」、「藝術風格的表現」、「兩岸兒童文學徵文活動的成果和展望」等議題進行探討。

（九）臺灣兒童文學發展歷程中指標事件座談會

時間：十二月二十三日上午十時至中午十二時

地點：臺北快雪堂

此座談會由臺東師院兒童文學研究所、中華民國兒童文學學會、中國海峽兩岸兒童文學研究會共同召開。由於兒童文學耆老的日漸凋零，許多珍貴史料會隨之失軼。為了建立完整的臺灣兒童文學史料，從臺東師院兒童文學研究所整理出臺灣兒童文學指標性人物，並出版《兒童文學工作者訪問稿》一書之後，有鑑於臺灣兒童文學發展史中，一些重要的指標性事件資料也需要建立，因此事先發函請兒童文學工作者提供指標性事件，並邀請許多臺灣資深兒童文學者參與座談會，廣徵意見，建立完整臺灣兒童文學文學指標性事件。

除了眾多學術研討會及座談會之外，尚有重要的學術交流及相關研究：

1 東師兒文所師生赴大陸進行學術交流

二○○一年二月二日至十三日由臺東師院兒童文學研究所所長林文寶帶領在職進修專班暑期班及夜間班學生至北京師範大學、東北師範大學進行學術交流。

2 香港召開「第一屆兒童文學研討會」

香港在二○○一年四月二十一日進行第一屆兒童文學研討會，主題為教育、寫作、出版的對話。會中針對二十一世紀與兒童文學、兒童文學與教育、兒童文學與出版，進行多場專題演講及學術論文發表。臺東師院兒童文學研究所所長林文寶及多位老師參與研討會。

3 張嘉驊成為第一屆北京師範大學兒童文學博士生

大陸北京師範大學從二○○○年開始招收三名兒童文學博士生，由該校兒童文學理兩家王泉根教授擔任博士生導師，臺灣知名作家張嘉驊成為第一屆博士生，赴北京就學並進行兒童文學相關研究。

五 結語

二○○一年臺灣的兒童文學創作及活動，從出版、學術活動都可以看出兒童文學蓬勃發展的現象。而象徵兒童文學精神的「兒童樹」選在十一月二日在臺東師院舉行揭幕儀式。這兩棵由李雀美女士捐贈的花梨木樹頭，經臺東的原住民藝術家雕刻，呈現兒童文學獨特趣味。

隨著十二月臺灣文學界重要人物林海音的過世，使得我們了解臺灣兒童文學的發展，是在許多前人辛勤的耕耘下，才能逐漸開花結果。也希望新的世紀的開始，兒童文學也能在所有兒童文學愛好者的努力之下，展開新的里程。

二〇〇一年兒童文學論述書目

書名	作者（譯者）	出版地	出版社	出版日期	開數	頁數
打造兒童閱讀環境	艾登‧錢伯斯著／許慧貞譯	臺北市	天衛文化圖書公司	1月	15×21	175
圖畫書狂想曲	許慧貞等編著	臺北縣	螢火蟲出版社	1月	19×26	88
偶的天堂	陳筠安、鄭淑芸、李明華等著	臺北市	財團法人成長文教基金會	1月	19×21	176
孩子的天使心	維薇安‧嘉辛‧裴利著／黃又青譯	臺北市	財團法人成長文教基金會	1月	15×21	120
藝出造化‧意本自然 —— Ed Young 楊志成的創作世界	黃瑞怡、葉青華、宋珮黃迺毓等著	臺北縣	和英出版社	2月	20×20	94
說來聽聽 —— 兒童、閱讀與討論	艾登‧錢伯斯著／蔡宜容譯	臺北市	天衛文化圖書公司	2月	15×21	175
閱讀生機	楊茂秀主編	臺北市	教育部	2月	15×21	206
在那湧動的潮音 —— 教習劇場 TIE	蔡奇璋、許瑞芳編著	臺北市	揚智文化事業公司	2月	17×23	238
中國寓言的智慧	石良德著	臺中市	好讀出版公司	3月	15×21	165
從聽故事到閱讀	蔡淑媖著	臺北縣	富春文化事業公司	3月	15×21	183
教孩子輕鬆閱讀	胡鍊輝著	臺北市	國語日報社	3月	15×21	273

書名	作者（譯者）	出版地	出版社	出版日期	開數	頁數
閱讀的十個幸福	丹尼爾・貝納(Daniel Pennac)著／里維譯	臺北市	高寶國際公司	3月	15×19.5	206
童詩的森林	林清泉著	高雄市	百盛文化出版公司	3月	15×20.5	219
親子閱讀指導手冊	黃迺毓編	臺北市	教育部	4月	13×21	77
日本現代兒童文學	宮川健郎著／黃家琦譯	臺北市	三民書局	4月	15×21	254
青少年讀書會DIY	林美琴著	臺北市	天衛文化圖書公司	4月	15×21	212
終生學習就從兒童閱讀開始——九十年度全國兒童閱讀週專輯	宋建成主編	臺北市	國家圖書館	4月	15×21	96
小小愛書人	李坤珊著	臺北市	信誼基金出版社	4月	20×20	154
歡喜閱讀	連翠茉主編	臺北市	遠流出版事業公司	4月	15×20	117
打開親子共讀的一扇窗	林芝著	臺北市	幼獅文化事業公司	5月	15×21	172
「兒童文學與兒童語言」學術研討會論文集	胡森永主編	臺北縣	富春文化事業公司	5月	15×21	399
格林兄弟在家嗎——踏遊德國童話大道	ひらいたかこ　磯田和一著／楊芷玲譯	臺北市	書泉出版社	5月	21×21	127

書名	作者（譯者）	出版地	出版社	出版日期	開數	頁數
安徒生，請──踏遊丹麥、荷蘭和比利時	ひらいたかこ　磯田和一著／楊芷玲譯	臺北市	書泉出版社	5月	21×21	128
鵝媽媽跌倒了──踏遊倫敦和英國鄉間	ひらいたかこ　磯田和一著／楊芷玲譯	臺北市	書泉出版社	5月	21×21	128
多元智慧能輕鬆教──九年一貫課程統整大放送	張湘君、葛琦霞編著	臺北市	天衛文化圖書公司	6月	18.8×25.8	187
一個故事解決一個問題	王秀園著	臺北縣	狗狗圖書公司	6月	21×29	128
和小朋友玩閱讀遊戲	鄒敦怜著	臺北縣	狗狗圖書公司	6月	21×29	198
兒童文學工作者訪問稿	林文寶主編	臺北市	萬卷樓圖書公司	6月	15×21	513
我們在玩蹺蹺板──電視兒童節目實務與理論	李秀美著	臺北市	三民書局	6月	17.5×23.5	235
原始與永恆的童夢──趙國宗磁畫展	趙國宗著	臺北市	台北市立美術館	6月	23×30	101
巫婆一定得死──童話如何形塑我們的性格	雪登・凱許登著／李淑珺譯	臺北市	張老師文化事業公司	7月	15×21	344
我・會・愛──親子共讀專刊2	連翠茉編	臺北市	遠流出版事業公司	7月	15×20	117

書名	作者（譯者）	出版地	出版社	出版日期	開數	頁數
伊索寓言的人生智慧	加藤諦三著／林雅惠譯	臺北縣	台灣廣廈有聲圖書公司	7月	15×21	174
教育訓練者的故事寶盒	瑪格利特・帕金著／賴淑麗、史宗玲譯	臺北縣	稻田出版公司	7月	15×21	222
我就是如此創造了哈利波特——J.K羅琳的故事	馬克・夏畢洛著／劉永毅譯	臺北市	圓神出版社	8月	15×21	156
看世界童話建立人生自信	侯秋玲編	臺北縣	華文網公司第三出版事業部・新閣書社	8月	15×21	297
看安徒生童話尋找人生方向	林惠文編	臺北縣	華文網公司第三出版事業部・新閣書社	9月	15×21	303
童詩嘉年華	呂嘉紋著	臺北市	小魯文化事業公司	9月	15×21	223
即興表演家喻戶曉的故事	Ruth Beall Heinig 編著／陳仁富譯	臺北市	心理出版社	9月	15×21	216
童詩二十五講——和小朋友談寫詩	林煥彰著	宜蘭縣	宜蘭縣政府文化局	9月	15×21	232
林鍾隆先生作品討論會論文集	徐守濤等著	臺北縣	富春文化事業公司	10月	15×21	179
大家一起來閱讀	段秀玲、張清珊著	臺北市	幼獅文化事業公司	10月	15×21	181
真實與幻想——外國青少年文學作品賞析	張子樟著	臺北市	國語日報社	10月	15×21	238

書名	作者（譯者）	出版地	出版社	出版日期	開數	頁數
肢體密碼——戲劇輔導手冊	王娟著	臺北市	幼獅文化事業公司	10月	15×21	127
看天方夜譚啟迪生活智慧	侯秋玲編	臺北縣	華文網公司第三出版事業部・新閱書社	11月	15×21	280
帶著繪本去旅行	連翠茉編	臺北市	遠流出版事業公司	11月	15×20	118
童書久久	柯倩華等撰	臺北市	台灣閱讀協會	11月	21×20	119
踏出閱讀的第一步	M. Susan Burns, Peg Griffin, and Catherine E. Snow. NRC 編輯群著／柯華葳、游婷雅譯	臺北市	信誼基金出版社	11月	18.7×24.7	168
戲劇抱抱	Kathleen Warren 著／周小玉譯	臺北市	財團法人成長文教基金會	11月	19×21	175
世界經典寓言的生活啟示	Leo Tolstoy 著／蕭菲譯	臺北縣	台灣廣廈有聲圖書公司	11月	15×21	209
周伯陽與兒童文學	吳聲淼撰	新竹市	新竹市政府文化	11月	15×21	314
英國妖精與傳說之旅	森田吉米著／劉滌昭譯	臺北市	馬可孛羅文化	12月	15×19	182
兒童文學、閱讀與通識教育論文集	柯華葳等著	臺東市	臺東師範學院	12月	17×23	67

二〇〇一年兒童文學創作書目

書名	作者（譯者）	出版地	出版社	出版日期	開數	頁數	備註
種金子	李赫著	臺北縣	狗狗圖書公司	1月	22×29	40	圖畫書
我的家人我的家	王文華著	臺北縣	小兵出版社	1月	15×21	229	散文
又見寒煙壺	鄭宗弦著	臺北市	九歌出版社	1月	15×21	180	小說
世界毀滅之後	王晶著	臺北市	九歌出版社	1月	15×21	180	小說
成長的日子	蒙永麗著	臺北市	九歌出版社	1月	15×21	180	小說
靈蛇武龍	陳金田編著	臺北市	九歌出版社	1月	15×21	180	小說
十二歲風暴	王淑芬著	臺北縣	小兵出版社	1月	20.5×19.5	159	故事
母親，她束腰	文／歐蜜·偉浪 圖／阿邁·熙嵐、瑁瑁·瑪邵 泰雅語翻譯／黃榮泉	臺中市	晨星出版公司	1月	27×19	32	圖畫書
二哥情事	可白著	臺北縣	小兵出版社	1月	15×21	235	小說
童話聊齋	趙忠慶編著	臺北市	小魯文化事業公司	1月	15×21	160	童話
非常相聲	馬景賢著	臺北縣	小兵出版社	1月	15×21	213	相聲
草地女孩	郭心雲著	臺北縣	小兵出版社	1月	15×21	209	散文
天邊火燒雲	彭東明著	臺北縣	小兵出版社	1月	15×21	265	小說
我有友情要出租	文／方素珍 圖／郝洛玟	臺北市	上堤文化公司	1月	23.5×29.5	16	圖畫書
小牛找媽媽	文／李赫 圖／劉淑如	臺北縣	狗狗圖書公司	1月	22×29	40	圖畫書

書名	作者 （譯者）	出版地	出版社	出版 日期	開數	頁數	備註
天鷹翱翔	李潼著	臺北市	民生報社	1月	15×21	187	小說 （新版）
巫婆來了	王素涼著	臺北縣	富春文化事業公司	1月	15×21	173	童話
小女梭梭	鹿子著	臺北市	民生報社	1月	15×21	230	散文
世界超級怪人怪事	管家琪著	臺北市	文經出版社	1月	15×21	181	童話
跟天空玩遊戲	文／顏艾琳 圖／鄭慧荷	臺北市	三民書局	1月	21.5×24	51	童詩
那個年歲	黃光男著	臺北市	國語日報社	1月	15×21	273	散文
和小朋一起成長	林文聯編	臺北縣	仁誠出版社	1月	15×21	212	綜合
貓打嗝@搖尾河岸	侯維玲著	臺北市	幼獅文化事業公司	2月	15×21	129	童話
這個地球上沒有狗	張友漁著	臺北市	文經出版社	2月	15×21	206	童話
媽媽，我要一顆星星	圖文／陳秋惠	臺北市	信誼基金出版社	2月	19.5×26.5	28	圖畫書
魔法王子1 ——空中巫師之神	文／齊東尼 (Tony Cie) 圖／Bob Wong	臺南市	企鵝圖書公司	2月	15×21	222	童話
蔬菜水果	文／馬景賢 圖／繆慧雯	臺北市	小魯文化事業公司	2月	20×20	83	兒歌
男孩酷呆	梅思繁著	臺北市	小魯文化事業公司	2月	15×21	287	故事
台灣仔回台灣	文／盧千惠 圖／林天從	臺北市	台灣東方出版社	3月	27×20.5	32	圖畫書

書名	作者（譯者）	出版地	出版社	出版日期	開數	頁數	備註
網路小天王──楊致遠	管家琪著	臺北市	文經出版社	3月	15×21	157	傳記
阿貴愛你喲	春水堂科技娛樂公司	臺北市	平安文化公司	3月	17×19	191	故事
繪本西遊記	著／吳承恩 改寫／魯冰 圖／朱延齡	臺北縣	聯經出版事業公司	3月	17.5×25	228	圖畫書
巧媳婦智鬥縣太爺	文／曾美慧 圖／周東慧	臺北縣	狗狗圖書公司	3月	21×28	37	圖畫書
順風耳的新香爐	李潼著	臺北市	民生報社	3月	15×21	254	小說（再版）
掌握生命的單位	游福生著	臺北市	國語日報社	3月	15×21	115	散文
大小劉阿財	黃基博著	高雄市	百盛文化出版公司	3月	15×20.5	191	童話
沙沙皮皮自家記	林少雯著	高雄市	百盛文化出版公司	3月	15×20.5	193	童話
女兒的故事	梅子涵著	臺北市	小魯文化事業公司	4月	15×21	219	散文
黑白花	文圖／黃淑華	臺北市	國語日報社	4月	19.5×26.5	無頁碼	圖畫書
猴子和螃蟹	林淳毅著	臺中市	晨星出版公司	4月	15×21	167	民間故事
中國兔子德國草	周銳著	臺北市	民生報社	4月	15×21	292	小說
誰是小黑熊要找的大嘴巴	文／張秋生 圖／高鶯雪	臺北市	小魯文化事業公司	4月	20×21	47	圖畫書

書名	作者（譯者）	出版地	出版社	出版日期	開數	頁數	備註
河馬博士和眼淚發電機	文／張秋生 圖／陳盈帆	臺北市	小魯文化事業公司	4月	20×21	47	圖畫書
青蛙奶奶旳快樂圍巾	文／張秋生 圖／高鶯雪	臺北市	小魯文化事業公司	4月	20×21	47	圖畫書
錯別字殺手	林滿秋著	臺北市	小魯文化事業公司	4月	15×21	204	故事
阿爸的百寶箱	吳晟等著	臺北市	幼獅文化事業公司	4月	15×21	115	散文
在微笑的森林裡吹風	詩圖／米雅	臺南市	人光出版社	4月	21.5×29	43	詩畫集
青蛙・木偶・哈哈鏡	孫建江著	臺北市	民生報社	4月	15×21	173	寓言
阿嬤・再見	毛咪著	臺北縣	泛亞國際文化事業公司	4月	14.5×19.5	184	小說
媽媽剝開青橘子	林黛嫚主編	臺北市	幼獅文化事業公司	4月	15×21	98	散文
你的背上背個啥？	潘人木著	臺北市	民生報社	4月	20×17.5	102	兒歌
一隻貓兒叫老蘇	潘人木著	臺北市	民生報社	4月	20×17.5	122	兒歌
獨角馬與蝙蝠的對話	王友輝著	臺北縣	天行國際文化事業公司	4月	15×21	202	戲劇
三角湧的梅樹阿公	文／蘇振明 圖／陳敏捷	臺北市	青林國際出版公司	4月	23×30	29	圖畫書
奉茶	文圖／劉伯樂	臺北市	青林國際出版公司	4月	23×30	31	圖畫書
射日	文圖／賴馬	臺北市	青林國際出版公司	4月	23×30	32	圖畫書

書名	作者 （譯者）	出版地	出版社	出版 日期	開數	頁數	備註
當河馬想動的時候再去推牠	張文亮著	臺北市	國語日報社	4月	15×21	206	散文
小魚散步	文圖／陳致元	臺北市	信誼基金出版社	4月	19.5×23.5	無頁碼	圖畫書
天衣染坊	文／曾美慧 圖／莊姿萍	臺北縣	狗狗圖書公司	4月	22×29	40	圖畫書
溫情的小站	白慈飄著	高雄市	百盛文化出版公司	4月	15×20.5	199	散文
攜手走過童年	蔡文章著	高雄市	百盛文化出版公司	4月	15×20.5	191	散文
輔導室・不打烊	丘榮襄著	高雄市	百盛文化出版公司	4月	15×20.5	203	散文
黑牛漂流荒島記	曾寬著	高雄市	百盛文化出版公司	4月	15×20.5	180	小說
奇妙的果樹園	周梅春著	高雄市	百盛文化出版公司	4月	15×20.5	189	童話
達達的信（上）	文／劉清彥 圖／阮瑞賢	臺北市	基督教中國主日學協會	5月	15×19.5	183	小說
達達的信（下）	文／劉清彥 圖／阮瑞賢	臺北市	基督教中國主日學協會	4月	15×19.5	173	小說
潛水艇和流浪狗	侯維玲著	臺北市	幼獅文化事業公司	5月	15×21	143	童話
非常任務	陳素宜著	臺北市	幼獅文化事業公司	5月	15×21	137	故事
水流東的阿木	廖明進著	臺北縣	富春文化事業公司	5月	15×21	248	小說
棕熊先生曬被子	文／張秋生 圖／江零	臺北市	小魯文化事業公司	5月	21×20.4	47	圖畫書

書名	作者（譯者）	出版地	出版社	出版日期	開數	頁數	備註
在春天　陀螺，轉轉轉	文／馮輝岳 圖／韓舞麟	臺北市	小魯文化事業公司	5月	21×20.4	51	兒歌
在夏天　滿天星，亮晶晶	文／杜榮琛 圖／韓舞麟	臺北市	小魯文化事業公司	5月	21×20.4	51	兒歌
在秋天　中秋月，真漂亮	文／洪志明 圖／韓舞麟	臺北市	小魯文化事業公司	5月	21×20.4	51	兒歌
在冬天　躲貓貓，捉不到	文／林芳萍 圖／韓舞麟	臺北市	小魯文化事業公司	5月	21×20.4	51	兒歌
開開心心過生活	吳燈山著	臺北市	國語日報社	5月	15×21	189	散文
第十一個兄弟	文圖／吳聲淼	臺北市	國語日報社	5月	19.5×26.5	無頁碼	圖畫書
原住民神話・故事全集（1）	林道生編著	臺北市	漢藝色研文化事業公司	5月	15×21	186	民間故事
小妖哈奇	張秋生主編	臺北市	聯經出版事業公司	5月	13×18.5	107	童話
草莓精靈	張秋生主編	臺北市	聯經出版事業公司	5月	13×18.5	130	童話
耳朵逃走了	張秋生主編	臺北市	聯經出版事業公司	5月	13×18.5	99	童話
褲子牌猩猩	張秋生主編	臺北市	聯經出版事業公司	5月	13×18.5	129	童話
憨先生與酷小姐	管家琪著	臺北市	聯經出版事業公司	5月	13×18.5	151	童話
公雞先生生氣了	孫建江著	臺北市	民生報社	5月	15×21	154	寓言
夢與愛的網站	顏崑陽主編	臺北市	幼獅文化事業公司	5月	15×21	171	散文

書名	作者（譯者）	出版地	出版社	出版日期	開數	頁數	備註
24個互動式童話──瓜瓜向前衝	吳燈山著	臺北市	文經出版社	5月	15×21	195	童話
斑馬魚──第八屆師院生兒童文學創作獎作品集	黃于庭主編	新竹市	國立新竹師範學院語文教育學系	5月	19×26	263	兒歌散文
貓咪洗澡	文／李紫蓉 圖／何雲姿	臺北市	信誼基金出版社	5月	21×20	無頁碼	兒歌
多多什麼都愛吃	文圖／顏薏芬	臺北市	信誼基金出版社	5月	21×20	無頁碼	圖畫書
用心看世界	王嘉慧著	臺北縣	泛亞國際文化事業公司	5月	15×19.5	184	小說
Ne Ne Ne 台灣原住民搖籃曲（附 CD 及導讀）	張杰如總編	臺北市	信誼基金出版社	5月	22.5×21	29	兒歌
小故事大道理	游福生著	臺南市	漢風出版社	5月	15×21	268	散文
同學，愛老虎油	詩影著	臺北市	幼獅文化事業公司	5月	15×21	170	散文
小五小六愛唱戲	文／潘人木 圖／楊永青	臺北市	民生報社	6月	21×18	120	兒歌
滾球滾玩一個滾球	文／潘人木 圖／賴馬	臺北市	民生報社	6月	21×18	98	兒歌
我的媽媽是精靈	陳丹燕著	臺北市	國語日報社	6月	15×21	283	小說
藍色記憶箱	管家琪著	臺北市	幼獅文化事業公司	6月	15×21	185	散文

書名	作者（譯者）	出版地	出版社	出版日期	開數	頁數	備註
輕輕的呼吸	梅子涵著	臺北市	小魯文化事業公司	6月	15×21	185	散文
六年五班，愛說笑	洪志明著	臺北市	小魯文化事業公司	6月	15×21	152	故事
有男生愛女生	毛治平著	臺北縣	小兵出版社	6月	20.5×19.5	165	小說
導ㄟ，有男生愛女生（國中版）	毛治平著	臺北縣	小兵出版社	6月	15×21	269	小說
小豬撲滿工廠	張友漁著	臺北市	文經出版社	6月	15×21	166	童話
大地笙歌	楊美玲著	臺北市	國語日報社	6月	15×21	253	散文
國家地理雜碎2——摳你已襪！卡卡村	張華芝主編	臺北市	天行國際文化事業公司	6月	17×22	120	相聲
一放雞二放鴨	林武憲編選	臺北市	青林國際出版公司	6月	23×30	31	圖畫書（兒歌）
台中縣國民中小學台灣文學讀本：兒童文學卷	康原主編	臺中縣	臺中縣文化局	6月	15×21	177	合集
不摩登原始人	周姚萍著	臺北縣	聯經出版事業公司	6月	13×19	149	童話
罵人專家	管家琪著	臺北縣	聯經出版事業公司	6月	13×19	109	童話
黃鼠狼的美夢	管家琪著	臺北縣	聯經出版事業公司	6月	13×19	107	童話
孤僻的蠶寶寶	管家琪著	臺北縣	聯經出版事業公司	6月	13×19	116	童話
我愛肚臍眼兒	文圖／橘子貓	臺北市	正信出版社	6月	15.5×21.5	無頁碼	圖畫書

書名	作者（譯者）	出版地	出版社	出版日期	開數	頁數	備註
淘氣小妖網站	徐建華著	臺北市	聯經出版事業公司	6月	13×19	135	童話
大海動物園	文／盧演花 圖／沈辯	臺北市	國語日報社	6月	19.5×26.5	無頁碼	圖畫書
漁港的小孩	文圖／仉桂芳	臺北市	國語日報社	6月	26×26	無頁碼	圖畫書
媽祖回娘家	鄭宗弦著	臺北市	九歌出版社	7月	15×21	177	小說
超級小偵探	王晶著	臺北市	九歌出版社	7月	15×21	164	小說
藍天使	林海因著	臺北市	九歌出版社	7月	15×21	193	小說
河水，流啊流	臧保琦著	臺北市	九歌出版社	7月	15×21	141	小說
聾兒冬冬的世界	冰子著	臺北市	九歌出版社	7月	15×21	146	小說
母親	文／高行健 圖／幾米	臺北市	聯合文學出版社	7月	19×25.5	119	小說
唱起凱歌	傅林統著	臺北縣	富春文化事業公司	7月	15×21	171	小說
狐狸孵蛋	文／孫晴峰 圖／龐雅文	臺北市	格林文化事業公司	7月	21×29	無頁碼	圖畫書
六十根綠色的蠟燭	文／張秋生 圖／高鶯雪	臺北市	小魯文化事業公司	7月	21×20.5	無頁碼	童話
地震王國	文圖／崔永嬿	臺北市	上堤文化公司	7月	23.5×29.5	無頁碼	圖畫書
魔法王子2——巫師圓球會議	齊東尼（Tony Cie）著	臺南市	企鵝圖書公司	7月	15×21	229	童話
女巫梅卓拉	武維香著	臺北市	幼獅文化事業公司	7月	15×21	175	童話

書名	作者（譯者）	出版地	出版社	出版日期	開數	頁數	備註
阿妮萬歲	陳瑞璧著	臺北市	小魯文化事業公司	7月	15×21	177	小說
星星王子	文圖／王家珠	臺北市	格林文化事業公司	7月	21.5×29.5	無頁碼	圖畫書
新十二生肖故事（完結篇）	文／張友漁 圖／徐建國	臺北市	文經出版社	7月	15×21	175	童話
大頭仔生後生	文／簡上仁 圖／曹俊彥	臺北市	青林國際出版公司	7月	23×30	31	圖畫書（兒歌）
勇士爸爸去搶孤	文／李潼 圖／李贊成	臺北市	青林國際出版公司	7月	23×30	31	圖畫書
10個寶藏	張寧靜著	臺北市	幼獅文化事業公司	7月	15×21	191	故事
搶救伊卡	王雲龍著	臺北縣	泛亞國際文化事業公司	7月	14.5×19	184	小說
三個怪醫生	巫仁和著	彰化縣	彰化縣文化局	7月	15×21	233	故事
茶花女之戀	管家琪著	臺北市	幼獅文化事業公司	8月	15×21	209	故事
阿美族傳說	林淳毅編寫	臺中市	晨星出版公司	8月	15×21	173	民間故事
長腿蛙	文／管家琪 圖／卓昆峰	臺北縣	華文網公司第六出版事業部童書舖	8月	23.5×25.5	無頁碼	圖畫書
鯨魚阿克的動物園	文／陳璐茜 圖／陳和凱	臺北縣	華文網公司第六出版事業部童書舖	8月	23.5×25.5	無頁碼	圖畫書
一位溫柔善良有錢的老太太	文圖／李瑾倫	新竹市	和英出版社	8月	20.5×30	無頁碼	圖畫書

書名	作者（譯者）	出版地	出版社	出版日期	開數	頁數	備註
和她的100隻狗							
玉蘭花開	褚乃瑛著	臺北縣	富春文化事業公司	8月	15×21	255	散文
我是男子漢	董宏猷著	臺北市	民生報社	8月	15×21	210	散文
我家開戲院	林玫伶著	臺北市	民生報社	8月	15×21	182	散文
藝術大師——朱銘	管家琪著	臺北市	文經出版社	8月	15×21	168	傳記
姊姊畢業了	文／陳質采 圖／黃嘉慈	臺北市	財團法人董氏基金會	8月	24×24	35	圖畫書
貓咪悄悄話	劉洪玉著	臺北市	民生報社	8月	15×21	186	散文
童言童心	李文英著	臺北縣	泛亞國際文化事業公司	8月	13×21	211	散文
盧公公	文／劉清彥 圖／林怡湘 林怡萱	臺南市	人光出版社	8月	20.5×29	無頁碼	圖畫書
台灣鄉鎮小孩	蘇紹連著	臺北市	九歌出版社	9月	13×19	220	童詩
雪豹悲歌	沈石溪著	臺北市	幼獅文化事業公司	9月	15×21	259	小說
駱駝王子	沈石溪著	臺北市	幼獅文化事業公司	9月	15×21	260	小說
刀疤豺母	沈石溪著	臺北市	幼獅文化事業公司	9月	15×21	247	小說
漲潮日	隱地著	臺北市	玉山社出版事業公司	9月	15×21	160	散文
最聰明的總統——柯林頓的少年時光	吳燈山著	臺北市	文經出版社	9月	15×21	158	傳記

書名	作者（譯者）	出版地	出版社	出版日期	開數	頁數	備註
少年放蜂記	馮傑著	臺北市	九歌出版社	9月	15×21	155	小說
送奶奶回家	陳貴美著	臺北市	九歌出版社	9月	15×21	164	小說
再見，大橋再見	王文華著	臺北市	九歌出版社	9月	15×21	159	小說
我們的山	陳肇宜著	臺北市	九歌出版社	9月	15×21	164	小說
斑馬線雲	張淑俐著	臺北市	財團法人毛毛蟲兒童哲學基金會	9月	14.5×18	156	童話
想念一個人的時候	文圖／陳璐茜	臺北縣	華文網公司第六出版事業部童書舖	9月	23.5×25.5	無頁碼	圖畫書
藍羽毛的飛行	文／毛襪圖／白琵	臺北縣	華文網公司第六出版事業部童書舖	9月	23.5×25.5	無頁碼	圖畫書
享受自己的感覺	謝繕任著	臺北市	國語日報社	9月	15×21	175	散文
紅色小屋之謎	蒙永麗著	臺北市	國語日報社	9月	15×21	110	小說
青鳥，起飛	沈世玲著	臺北縣	傳智國際文化事業公司	9月	20×19	139	寓言
美術館裡的小麻雀	文／林滿秋圖／陳盈帆	臺北市	青林國際出版公司	9月	23×30	29	圖畫書
半大不小≠沒大沒小	吳孟樵著	臺北市	幼獅文化事業公司	10月	15×21	186	小說
老鼠與女孩	趙映雪著	臺北縣	富春文化事業公司	10月	15×21	171	小說
阿貴讓我咬一口	春水堂科技娛樂公司	臺北市	寶瓶文化事業公司	10月	16.5×20	175	故事

書名	作者 （譯者）	出版地	出版社	出版日期	開數	頁數	備註
大餅妹與羅密歐	林滿秋	臺北市	幼獅文化事業公司	10月	15×21	225	小說
扮鬼臉的老虎	文／凌明玉 圖／陳和凱	臺北縣	華文網公司第六出版事業部童書舖	10月	23.5×25.5	無頁碼	圖畫書
愛挖土與抬頭看	文／林世仁 圖／章毓倩	臺北縣	華文網公司第六出版事業部童書舖	10月	23.5×25.5	無頁碼	圖畫書
和世界一塊兒長大	林世仁著	臺北市	民生報社	10月	20.5×17.5	174	童話
大地的眼睛	陳素宜著	臺北市	民生報社	10月	20×20	178	散文
變身小鬼	王文華等著	臺北市	國語日報社	10月	15×21	147	童話
喜歡高空彈跳的微笑蜘蛛	林哲璋等著	臺北市	國語日報社	10月	15×21	123	童話
動物嘉年華會	文圖／莊河源	臺北市	國語日報社	10月	29×21.5	無頁碼	圖畫書
我睡不著	文圖／蔡兆倫	臺北市	國語日報社	10月	29×21.5	無頁碼	圖畫書
月亮別追我	文圖／謝佳玲	臺北市	國語日報社	10月	29×21.5	無頁碼	圖畫書
仔仔的撲滿豬	文圖／馮治琲	臺北市	國語日報社	10月	29×21.5	無頁碼	圖畫書
像花一樣甜	文圖／童嘉	臺北市	國語日報社	10月	29×21.5	無頁碼	圖畫書
家有怪物	文圖／余麗婷	臺北市	國語日報社	10月	29×21.5	無頁碼	圖畫書
猴死囝仔 vol.1 我們這一班	ㄚ燈著	臺北市	文房文化事業公司	10月	15×21	223	故事

書名	作者（譯者）	出版地	出版社	出版日期	開數	頁數	備註
三上甘南路──去一個還有仙女傳說的地方	彭懿著	臺北市	民生報社	10月	15×21	134	散文
爺爺再見	陳嬿靜著	臺北縣	白蘭地書房出版社	10月	12.8×18.6	157	小說
白相大上海	劉保法著	臺北市	民生報社	10月	15×21	214	散文
數我	文／潘人木圖／鍾偉明	臺北市	國語日報社	10月	19×21	無頁碼	圖畫書
誇我	文／潘人木圖／黃淑英	臺北市	國語日報社	10月	19×21	無頁碼	圖畫書
南瀛之美圖畫書系列──我家在下營	文／利玉芳圖／江彬如	臺南縣	臺南縣文化局	10月	21.5×26	27	圖畫書
南瀛之美圖畫書系列──官田菱角	文／謝安通圖／陳麗雅	臺南縣	臺南縣文化局	10月	21.5×26	27	圖畫書
南瀛之美圖畫書系列──紅樹林海岸勇士	文／李慶章圖／林麗瓊	臺南縣	臺南縣文化局	10月	21.5×26	27	圖畫書
南瀛之美圖畫書系列──唱唱跳跳牛犁歌	文／簡上仁圖／杜佳芸	臺南縣	臺南縣文化局	10月	21.5×26	27	圖畫書
南瀛之美圖畫書系列──南鯤鯓廟的故事	文／黃文博圖／許文綺	臺南縣	臺南縣文化局	10月	21.5×26	27	圖畫書
南瀛之美圖畫書系列──楊	文／利玉芳圖／官月淑	臺南縣	臺南縣文化局	10月	21.5×26	27	圖畫書

書名	作者（譯者）	出版地	出版社	出版日期	開數	頁數	備註
逮壓不扁的玫瑰							
丹頂鶴再嫁	沈石溪著	臺北市	民生報社	11月	15×21	264	故事
周伯陽全集4——兒童詩歌集	周伯陽著、吳聲淼主編	新竹市	新竹市政府	11月	15×21	357	兒童詩歌
周伯陽全集6——兒童故事集	周伯陽著、吳聲淼主編	新竹市	新竹市政府	11月	15×21	206	兒童詩歌
周伯陽全集5——劇本集	周伯陽著、吳聲淼主編	新竹市	新竹市政府	11月	15×21	194	兒童詩歌
小罐頭	文圖／崔永嬿	臺北市	上堤文化公司	11月	22.5×25	無頁碼	圖畫書
倪亞達1	袁哲生著	臺北市	寶瓶文化事業公司	11月	16.5×20	188	故事
妹妹狐變色	沈石溪著	臺北市	民生報社	11月	15×21	262	故事
非法智慧	張之路著	臺北市	民生報社	11月	15×21	377	小說
風婆婆	謝武彰編著	臺北縣	人人出版公司	11月	21×20	48	兒歌
大腳大	謝武彰編著	臺北縣	人人出版公司	11月	21×20	48	兒歌
五指歌	謝武彰編著	臺北縣	人人出版公司	11月	21×20	48	兒歌
金鉤鉤	謝武彰編著	臺北縣	人人出版公司	11月	21×20	48	兒歌
怪唱歌	謝武彰編著	臺北縣	人人出版公司	11月	21×20	48	兒歌
嘿嘿嘿，有鬼	張榜奎著	臺北縣	小兵出版社	11月	15×21	255	故事

書名	作者（譯者）	出版地	出版社	出版日期	開數	頁數	備註
拍我	文／潘人木圖／仉桂芳	臺北市	國語日報社	11月	19×21	無頁碼	圖畫書
看我	文／潘人木圖／曲敬蘊	臺北市	國語日報社	11月	19×21	無頁碼	圖畫書
牽我	文／潘人木圖／郝洛玟	臺北市	國語日報社	11月	19×21	無頁碼	圖畫書
阿貴趴趴走	春水堂科技娛樂公司	臺北市	寶瓶文化事業公司	11月	16.5×20	175	故事
蝴蝶的大餐	文、攝影／張永仁	臺北市	信誼基金出版社	11月	21×20	24	圖畫書
白羊村的美容院	文／李紫蓉圖／嚴凱信	臺北市	信誼基金出版社	11月	21×20	無頁碼	圖畫書
小紅布袋的秘密	邵正宏著	臺北縣	泛亞國際文化事業公司	11月	14.2×19	184	小說
奇妙的植物王國──小朋友的第一本植物故事書	謝明芳著	臺北市	文經出版社	12月	15×21	189	童話
春風春風吹吹	馬景賢著	臺北市	民生報社	12月	21×17.5	73	兒歌
天上飛飛地上跳	馬景賢著	臺北市	民生報社	12月	21×17.5	77	兒歌
我家有個小乖乖	馬景賢著	臺北市	民生報社	12月	21×17.5	70	兒歌
香蕉國王下命令	馬景賢著	臺北市	民生報社	12月	21×17.5	77	兒歌
山爺爺和海姑娘	林加春著	臺北縣	正中書局	12月	15×21	232	童詩

書名	作者（譯者）	出版地	出版社	出版日期	開數	頁數	備註
想當國王的寓言家	杜榮琛著	臺北縣	正中書局	12月	15×21	176	寓言
眼鏡公主	文圖／張蓬潔	臺北市	信誼基金出版社	12月	20×26	無頁碼	圖畫書
生命魔法書	邊成忠、李湘雄著	臺北市	書僮文化	12月	15×21	250	童話
發條星星	黃瑋琳著	臺北縣	臺北縣政府文化局	12月	15×21	170	童話
愛唱歌的公雞	謝明芳著	臺北縣	富春文化事業公司	12月	15×21	102	童話
小安琪的大麻煩	文圖／劉清彥	臺南市	人光出版社	12月	22.5×21	37	圖畫書
小月月的蹦蹦跳跳課	文圖／何雲姿	臺北市	青林國際出版公司	12月	30×24	無頁碼	圖畫書
去，去迪化街買年貨	文／朱秀芳圖／陳麗雅	臺北市	青林國際出版公司	12月	23.5×30	31	圖畫書
哈瑪！哈瑪！伊斯坦堡！	桂文亞著	臺北市	民生報社	12月	20×20	136	散文

二○○一年兒童文學翻譯書目

書名	作者（譯者）	出版地	出版社	出版日期	開數	文類	頁數	備註
來自無人地帶的明信片	艾登·錢伯斯著／陳佳琳譯	臺北市	小知堂文化事業公司	1月	15×21	小說	403	英國
森林裡的海盜船	岡田淳著／黃瓊仙譯	臺北縣	豐鶴文化出版社	1月	15×21	童話	208	日本

書名	作者（譯者）	出版地	出版社	出版日期	開數	文類	頁數	備註
乙武的禮物	文／乙武洋匡 圖／澤田俊樹 譯／劉子倩	臺北市	圓神出版社	1月	20×18	傳記	68	日本
對橡樹說話的少年	瑪麗安・費吉森著／俞智敏譯	臺北市	時報文化出版公司	1月	15×21	小說	438	瑞典
回家之路	陵野盛著／高淑珍譯	臺中縣	日之昇文化事業公司	1月	13×19	小說	164	日本
搞怪動物王國	理查・康尼夫著／周文萍譯	臺北市	皇冠文化出版公司	1月	15×21	散文	254	美國
HOPE 希望	文圖／安東尼布朗等 譯／孫千淨、葉慧芳、趙美惠	臺北市	格林文化事業公司	1月	19.5×27	散文	96	英國等
但願我不是一隻小鳥	莉塔・古金斯基著／林敏雅譯	臺北市	玉山社出版事業公司	1月	13×19	小說	366	德國
格林童話（一)至 (四)	格林兄弟著／徐珞、俞曉麗、劉冬瑜譯	臺北市	遠流出版事業公司	1月	15×21	古典童話	各冊不一	德國
我的小鳥	文／江國香織 圖／荒井良二 譯／長安靜美	臺北市	方智出版社	2月	15×21	小說	108	日本
星星和蒲公英	文／金子美鈴 圖／朱美靜 譯／李敏勇	臺北市	方智出版社	2月	15×21	童詩	67	日本

書名	作者（譯者）	出版地	出版社	出版日期	開數	文類	頁數	備註
山月桂	瑞雪爾・菲爾德著／劉蘊芳譯	臺北市	台灣東方出版社	2月	15×21	小說	296	美國
出事的那一天	瑪利安・丹・包爾著／鄒嘉容譯	臺北市	台灣東方出版社	2月	15×21	小說	154	美國
0到10的情書	蘇西・摩根斯特恩著／呂淑蓉譯	臺北市	台灣東方出版社	2月	15×21	小說	190	法國
芳心何處	比莉・雷慈著／陳淑惠譯	臺北市	新苗文化事業公司	2月	15×21	小說	369	美國
夢幻櫻花樹下	岡田淳著／黃瓊仙譯	臺北縣	豐鶴文化出版社	3月	15×22	童話	209	日本
格林童話全集（上）（中）（下）	格林兄弟著／舒雨、唐倫億譯	臺北市	小知堂文化事業公司	3月	15×23	古典童話	各冊不一	德國
牛奶盒上的那張照片	卡洛琳・庫妮著／盧娜譯	臺北市	新苗文化事業公司	3月	15×21	小說	243	美國
一隻老狗的流浪	克莉斯汀・內斯林爾著／陳慧芬譯	臺北市	玉山社出版事業公司	3月	13×19	小說	205	奧地利
菲利貓的世界	漢娜・約翰森著／徐潔譯	臺北市	玉山社出版事業公司	3月	13×20	小說	147	德國
少年達利的秘密	薩爾瓦多・達利著；皇冠編譯組	臺北市	平安文化公司	3月	15×21	散文	254	西班牙

書名	作者（譯者）	出版地	出版社	出版日期	開數	文類	頁數	備註
格林童話狂想曲（上）（下）	格林兄弟著／代紅譯	臺北縣	21世紀文化	3月	15×21	古典文化	189（上）192（下）	德國
少女與鬱金香	格萊葛利·馬奎爾著／韓宜辰譯	臺北市	商周出版社	3月	15×19	小說	277	美國
黑美人——一匹馬兒的真情告白	安娜·裘兒著／朱珮珍譯	臺北市	尼羅河書房	3月	15×21	小說	281	英國
那條怪怪的街——法蘭克札帕街物語	野中柊著／張秋明譯	臺北市	維京國際公司	3月	15×19	童話	233	日本
小公主	法蘭西斯·霍森·柏納著／林怡靜譯	臺北市	小知堂文化事業公司	3月	15×21	小說	287	英國
我不再沉默	羅瑞·霍爾司·安德森著／陳塵、胡文玲譯	臺北市	維京國際公司	4月	13.5×19	小說	237	美國
費茂大街26號	湯米·狄咆勒著／林良譯	臺北縣	三之三文化事業公司	4月	15×21	小說	160	美國
飛行教室	埃里希·凱斯特納著	臺北市	國際少年	4月	15×21	小說	221	德國
牛奶盒上的那張照片2	卡洛琳·庫妮著／盧娜譯	臺北市	新苗文化事業公司	4月	15×21	小說	243	美國

書名	作者（譯者）	出版地	出版社	出版日期	開數	文類	頁數	備註
綁架之旅	角田光代著／許嘉祥譯	臺北市	旗品文化出版社	4月	15×20	小說	162	日本
愛麗絲夢遊仙境	路易斯・卡若爾著／陳麗芳譯	臺北市	高富國際文化公司主人翁書坊	4月	15×21	童話	198	英國
魯賓遜漂流記	丹尼爾・狄福著／邱麗素譯	臺北市	高富國際文化公司主人翁書坊	4月	15×21	童話	227	英國
長腿叔叔	琴・韋伯斯特著／黃友玲譯	臺北市	高富國際文化公司主人翁書坊	4月	15×21	童話	217	美國
壁花先生	史蒂芬・查波斯基著／張嘉慧譯	臺北市	旗品文化出版社	4月	15×20	小說	233	美國
一腳、兩腳、三腳行	桑原崇壽著／楊淑真譯	臺中縣	日之昇文化事業公司	4月	13×19	小說	181	日本
最後著魔的格林童話	格林兄弟著／高寶編譯中心	臺北市	高富國際文化公司	5月	15×21	古典童話	237	德國
鯨狗	文圖／秋山匡譯／周姚萍	臺北市	小魯文化事業公司	5月	15.5×19.5	故事	64	日本
小熊貝魯和小蟲達達	文／原京子圖／秦好史郎譯／周姚萍	臺北市	小魯文化事業公司	5月	15.5×19.5	故事	63	日本
小狐狸買手套	小川未明等著／藍祥雲譯	臺北縣	富春文化事業公司	5月	15×21	童話	206	日本

書名	作者（譯者）	出版地	出版社	出版日期	開數	文類	頁數	備註
永恆的獵鷹	約瑟夫‧格佐著／曾秀玲譯	臺中市	晨星出版公司	5月	13.5×19.5	小說	89	美國
當石頭還是鳥的時候	瑪麗亞蕾納‧蘭可著／林素蘭譯	臺北市	玉山社出版事業公司	5月	13×19	小說	126	德國
亨利家的小搗蛋	Beverly Clearly 著／郭又瑄譯	臺北市	海鷗文化出版圖書公司	5月	15×21	小說	157	美國
麻煩的小跟班	Beverly Clearly 著／郭又瑄譯	臺北市	海鷗文化出版圖書公司	5月	15×21	小說	169	美國
都是排骨惹的禍	Beverly Clearly 著／郭又瑄譯	臺北市	海鷗文化出版圖書公司	5月	15×21	小說	175	美國
亨利的腳踏車	Beverly Clearly 著／郭又瑄譯	臺北市	海鷗文化出版圖書公司	5月	15×21	小說	175	美國
小靈魂與太陽	文／尼爾‧唐納‧沃許 圖／法蘭克‧瑞奇歐 譯／劉美欽	臺北市	方智出版社	5月	15×21	故事	無頁碼	美國
十五少年漂流記	朱利‧凡爾納著／辜小麗譯	臺北縣	大步文化	5月	15×21	小說	248	法國
格林童話奇幻精選集	格林兄弟著／里約譯	臺北市	希代出版公司	5月	12.5×18	古典童話	316	德國
牛奶盒上的那張照片3	卡洛琳‧庫妮著／盧娜譯	臺北市	新苗文化事業公司	5月	15×21	小說	250	美國

書名	作者（譯者）	出版地	出版社	出版日期	開數	文類	頁數	備註
思黛拉街的鮮事	伊莉沙白・函妮著／趙映雪譯	臺北市	台灣東方出版社	5月	15×21	小說	291	澳大利亞
秘密花園	法蘭西斯・霍森・柏納著／柔之譯	臺北市	小知堂文化事業公司	5月	15×21	小說	299	英國
怪盜二十面相	江戶川亂步著／王鎮輝編	臺北縣	晨曦出版社	6月	14.5×19	小說	253	日本
少年偵探團	江戶川亂步著／王鎮輝編	臺北縣	晨曦出版社	6月	14.5×19	小說	223	日本
小王子	聖・修伯里著	臺北市	高富國際文化公司主人翁書坊	6月	15×21	童話	193	法國
魯賓遜漂流記	丹尼爾・狄福著／盧相如譯	臺北市	小知堂文化事業公司	6月	15×21	小說	314	英國
柳林中的風聲	肯尼斯・葛拉翰著／劉庭余策劃	臺北市	角色文化事業公司	6月	15×21	小說	220	英國
真哥哥假哥哥	漢斯-烏里希・特雷瑟爾著／假芝雲譯	臺北市	圓神出版社	6月	15×21	童話	196	德國
哈利波特——阿茲卡班的逃犯	J.K 羅琳著／彭倩文譯	臺北市	皇冠文化出版公司	6月	15×21	小說	507	英國
草原上的小木屋	羅拉・安格爾・威爾德著／角色文化編譯群編譯	臺北市	角色文化事業公司	6月	15×21	小說	219	美國

書名	作者（譯者）	出版地	出版社	出版日期	開數	文類	頁數	備註
都是亨利惹的禍	凱斯特・薛雷茲著／楊慧芳譯	臺北縣	檢書堂公司	6月	15×21	散文	223	德國
風車少年	保羅・佛萊許曼著／沈嘉琪譯	臺北市	旗品文化出版社	6月	15×20	小說	187	美國
育卡，狗的一生	奧提麗・貝莉著／于文萱譯	臺北市	高寶國際公司	6月	15×20	小說	302	法國
雁鳴與牢騷	比莉・雷慈著／陳淑惠譯	臺北市	新苗文化事業公司	6月	15×21	小說	371	美國
妖怪博士	江戶川亂步著／王鎮輝編	臺北縣	晨曦出版社	7月	14.5×19	小說	263	日本
大金塊	江戶川亂步著／王鎮輝編	臺北縣	晨曦出版社	7月	14.5×19	小說	223	日本
魔法師的接班人	瑪格麗特・梅罕著／蔡宜容譯	臺北市	台灣東方出版社	7月	15×21	小說	233	紐西蘭
十三歲新娘	葛羅莉亞・魏蘭著／鄒嘉容譯	臺北市	台灣東方出版社	7月	15×21	小說	218	美國
乞食的日子	李允福著／福地出版譯	臺北市	福地出版社	7月	15×21	小說	223	韓國
天空的入口	文／庫格 圖／布赫茲 譯／葉慧芳	臺北市	格林文化事業公司	7月	15×21	散文	126	德國
猜猜我有多聰明	文圖／豐田一彥 譯／潘明珠	臺北市	小魯文化事業公司	7月	14×19	故事	63	日本

書名	作者（譯者）	出版地	出版社	出版日期	開數	文類	頁數	備註
安妮·強的烈焰青春	牙買加·金凱德著／何穎怡譯	臺北市	女書文化事業公司	7月	13×19	小說	190	美國
一隻老鼠的故事	托爾賽德爾著／陳佳琳譯	臺北市	玉山社出版事業公司	7月	17×22	小說	186	美國
小王子	安東尼奧·聖修伯里著／陳紹瑋譯	臺北縣	華文網公司第六出版事業部·集思書城	7月	15×21	童話	181	法國
伊莉複製莉伊	夏洛特·克爾娜著／呂永馨譯	臺北市	商周文化事業公司	7月	15×19	小說	238	德國
愛上居爾特	約瑟夫·雅各布斯著／蕭淑君譯	臺北縣	新雨出版社	7月	20×20	民間故事	360	英國
第十二個天使	奧格·曼迪諾著／林瑞瑛譯	臺北縣	新路出版公司	7月	15×21	小說	237	美國
夏日山間之歌	約翰·繆爾著／陳怡芬譯	臺北市	小知堂文化事業公司	7月	13×19	小說	253	美國
綠野仙蹤外一章	格萊葛利·馬奎爾著／林師祺譯	臺北市	商周文化事業公司	7月	15×19	小說	357	美國
一串葡萄	有島武郎著／何黎莉譯	臺北市	小知堂文化事業公司	7月	13×19	童話	126	日本

書名	作者 （譯者）	出版地	出版社	出版 日期	開數	文類	頁數	備註
荳荳忘憂書	黑柳徹子著 ／李常傳譯	臺北市	新潮文化 事業公司	8月	15×21	散文	368	日本
半個魔法	愛德華・伊格 著／吳榮惠譯	臺北市	台灣東方 出版社	8月	15×21	小說	133	美國
休息時間	愛登・錢伯斯 著／何佩樺譯	臺北市	小知堂文 化事業公 司	8月	15×21	小說	218	英國
舞在狂熱邊 緣	漢・諾蘭著 ／林邵貞譯	臺北市	維京國際 公司	8月	13×19	小說	285	美國
哈樂和故事 之海	魯西迪著／ 彭桂玲譯	臺北市	皇冠文化 出版公司	8月	15×21	小說	228	英國
小王子	安東・聖・艾 修伯里著／容 兒改寫	臺北縣	業強出版 社	8月	15×21	童話	134	法國
三根薄荷棒 棒糖	侯貝・沙巴耶 提著／黃敏次 譯	臺北市	高寶國際 公司	8月	15×19.5	小說	333	法國
魔法外套	迪諾・布札第 著／倪安宇譯	臺北市	皇冠文化 出版公司	8月	15×21	小說	317	義大 利
在 你 說 「喂」之前	伊塔・羅卡爾 維諾著／倪安 宇譯	臺北市	時報文化 出版公司	8月	15×21	寓言	282	義大 利
尼克的秘密 筆記	艾登・錢伯斯 著／胡洲賢譯	臺北市	小知堂文 化事業公 司	9月	15×21	小說	341	英國
來自戰地的 男孩	柏納德・艾許 登著／史錫蓉 譯	臺北市	新苗文化 事業公司	9月	15×21	小說	307	英國

書名	作者（譯者）	出版地	出版社	出版日期	開數	文類	頁數	備註
大草原的奇蹟	艾倫·艾柯特著／盧相如譯	臺北市	小知堂文化事業公司	9月	13×19	小說	220	美國
奇妙的生靈	布封著／何敬業、徐崗譯	臺北市	小知堂文化事業公司	9月	13×19	散文	255	法國
胖胖戴樂瑪想飛	菲利浦·德朗著／李桂蜜譯	臺北縣	探索出版公司	9月	13.5×20	小說	78	法國
星期三的盧可斯戲院	珍妮·泰森著／李桂蜜譯	臺北縣	探索出版公司	9月	13.5×20	小說	139	法國
艷陽下的鬼	錫德·佛萊謝曼著／趙映雪譯	臺北市	幼獅文化事業公司	9月	15×21	小說	219	美國
沒有月亮的晚上	錫德·佛萊謝曼著／趙映雪譯	臺北市	幼獅文化事業公司	9月	15×21	小說	175	美國
傻狗溫迪客	凱特·狄卡密歐著／傅蓓蒂譯	臺北市	台灣東方出版社	9月	15×21	小說	179	美國
親親媽咪的枕邊小故事——英國童話選集	約瑟夫·雅各布斯著／蕭淑君譯	臺北縣	新雨出版社	9月	15×21	古典童話	283	英國
怪獸和牠們的產地	J.K. 羅琳著／雷藍多譯	臺北市	皇冠文化出版公司	9月	15×21	童話	79	英國
穿越歷史的魁地奇	J.K. 羅琳著／雷藍多譯	臺北市	皇冠文化出版公司	9月	15×21	童話	87	英國
史凱力	David Almond著／蔡宜容譯	臺北市	小魯文化事業公司	9月	15×21	小說	233	英國

書名	作者（譯者）	出版地	出版社	出版日期	開數	文類	頁數	備註
莫齊與馬克馬咪	貝茲・拜爾著／唐慧心譯	臺北市	國際少年村	9月	15×21	小說	188	美國
自然與人生	德富蘆花著／周平譯	臺北市	小知堂文化事業公司	10月	15×21	散文	287	日本
一隻叫活力的狗	維吉妮亞・伍爾芙著／唐嘉慧譯	臺北市	圓神出版社	10月	15×21	小說	197	英國
小王子	聖・修伯里著／李宗恬譯	臺北縣	正中書局	10月	10.5×15	童話	199	法國
遇上美人魚	辛西亞・瑞蓮著／黃菁菁譯	臺北市	維京國際公司	10月	13.5×19	小說	109	美國
咆哮的狗——一位科學頑童的生活記趣	Seymour Simon 著／洪善鈴譯	臺北市	豐德科學教育事業公司	10月	15×21	小說	139	美國
風之王	Marguerite Henry 著／趙永芬譯	臺北市	小魯文化事業公司	10月	15×21	小說	188	美國
小偷	Megan Whalen 著／陳詩紘譯	臺北市	新苗文化事業公司	10月	15×21	小說	293	美國
清秀佳人	May Edginton 著／沈櫻譯	臺北縣	正中書局	10月	10×15	小說	274	英國
小鹿斑比	Felix Salten 著／蘊雯譯	臺北縣	正中書局	10月	10×15	小說	253	奧地利
動物農莊	George Orwell 著／李啟純譯	臺北縣	正中書局	10月	10×15	寓言	211	英國
黑暗的樓梯	貝茲・拜爾著／孫遜譯	臺北市	國際少年村	10月	15×21	小說	172	美國

書名	作者（譯者）	出版地	出版社	出版日期	開數	文類	頁數	備註
海角一樂園	強納·維斯著／黃菱芳譯	臺北縣	角色文化事業公司	10月	15×21	小說	234	瑞士
貓狗一家親	薩賓娜·路德維希著／葉慧芳譯	臺中市	星晨出版公司	10月	15×21	小說	94	德國
爺爺	筒井康隆著／劉名揚譯	臺北市	時報文化出版公司	10月	15×21	小說	162	日本
古屋謎雲	Viginia Hamilton 著／連雅慧譯	臺北市	小魯文化事業公司	11月	15×21	小說	263	美國
無法投遞的信	凱瑟琳·克萊斯曼·泰勒著／陳佳慧譯	臺北市	小知堂文化事業公司	11月	13×19	小說	88	美國
臨別的禮物	班·艾瑞克森著／趙秀華譯	臺北市	新苗文化事業公司	11月	15×21	小說	343	美國
淘金英雄妙管家	席德·弗雷希門著／海星譯	臺北市	台灣東方出版社	11月	15×21	小說	266	美國
教室裡的啪啦啪啦神	岡田淳著／黃瓊仙譯	臺北縣	暢通文化事業公司	11月	15×21	童話	175	日本
白楊樹之秋	湯本香樹實著／姚巧梅譯	臺北市	玉山社出版事業公司	11月	13×19	小說	200	日本
妙叔叔的來信	馬溫·板客著／王淑華譯	臺北市	玉山社出版事業公司	11月	13×20.5	小說	139	英國
愛的禮物	小甜甜布蘭妮＆琳·史比爾斯著／羅玲妃譯	臺北市	平裝本出版公司	11月	13×19	小說	205	美國

書名	作者（譯者）	出版地	出版社	出版日期	開數	文類	頁數	備註
走出寂靜	馬修・史都華・鮑爾著／林劭貞譯	臺北市	維京國際公司	11月	13×19	散文	229	美國
偷莎士比亞的賊	葛瑞・布雷克伍德著／胡靜宜譯	臺北市	商周文化事業公司	11月	14.7×19	小說	249	美國
與幸福的約定	江國香織著／長安靜美譯	臺北市	方智出版社	12月	10×15	童話	206	日本
那一年在奶奶家	瑞奇・派克著／趙映雪譯	臺北市	台灣東方出版社	12月	15×21	小說	211	美國
曠野迷蹤	David Almond 著／譯林靜華	臺北市	小魯文化事業公司	12月	15×21	小說	260	英國
大海在哪裡	于爾克・舒比格著／林敏雅譯	臺北市	玉山社出版事業公司	12月	13×19	故事	143	德國
外公上山	古德龍・保瑟汪著／林素蘭譯	臺北市	玉山社出版事業公司	12月	13×20.5	小說	63	德國
羊男的聖誕節	村上春樹著／羊男譯	臺北市	時報文化出版公司	12月	13×15	童話	107	日本
球樂的秘密	文／柯妮莉亞芳克 圖／克爾絲汀梅耶 譯／高彩寧	臺北縣	暢通文化事業公司	12月	15.5×21.5	童話	61	德國
哈利波特——火盃的考驗	J.K 羅琳著／彭倩文譯	臺北市	皇冠文化出版公司	12月	15×21	童話	762	英國

書名	作者（譯者）	出版地	出版社	出版日期	開數	文類	頁數	備註
天空之歌	歐那莉由子著／李毓昭譯	臺北市	晨星出版公司	12月	14.8×19.2	詩	125	日本
魔法陣	唐娜・喬・拿波里著／宋瑛堂譯	臺北市	旗品文化出版社	12月	15×19.5	小說	128	美國

二〇〇二年臺灣兒童文學大事記暨書目

一　前言

　　二○○二年兒童文學在各方面仍舊獲得政府單位的支持，兒童閱讀活動仍繼續在校園裡推廣，相關閱讀的書籍出版活絡。加上各地讀書會、故事媽媽團體的積極推廣，促使圖畫書運用在說故事、生命教育及結合學校教學上。而出版社也規劃多元化及不同書系的圖畫書因應市場需求。而隨著幾米的繪本文學作品在中港臺締造極佳的銷售成績，使得圖畫書出版也同時具有兒童和成人的市場。

　　而在學術上各項研討會、座談會、兒童文學的研習營，加上華文地區兒童文學的交流，國際性研討會邀請知名專家進行研習及演講也拓展國人的視野。而兒童文學從各方面逐漸深入基層也可以從學校、民間團體的各項活動看出。如地方性的兒童文學學會的成立，桃園兒童文學協會、幼兒文學學會等。而臺灣省兒童文學學會、中國文藝學會也加入舉辦兒童文學創作營、文藝營的行列；朱學恆成立的「奇幻文學藝術基金會」促使由《哈利波特》和《魔戒》引起的奇幻文學創作與研究風潮落實在實際的層面。而在學術研究上臺東師院兒童文學博士班的獲准成立，讓兒童文學的研究晉升至專業領域。

　　同時，今年兒童文學也面臨許多轉變。如有三十八年歷史的「兒童讀物編輯小組」遭到裁撤，與其相關的《中華兒童叢書》和《兒童的雜誌》都隨著走入歷史，對臺灣本土兒童文學創作有一定的影響和歷史意義。此外，許多具全國性指標性的徵文比賽因為經濟社會的因素相繼停辦，取而代之的是地方性的徵文，各縣市的文化局在文學徵獎活動中加入兒童文學的項目，如：臺南南瀛文學獎、桃園縣兒童文學獎等。

　　以下將針對出版、活動、教學與研究等方面來整理二○○二年兒童文學的創作與活動，並陳述臺灣兒童文學發展的現象。

二　出版

　　《哈利波特》所播種的奇幻文學種子，今年在臺灣的出版園地開花結果。無論是與托爾金《魔戒三部曲》齊名的，C.S 路易斯《納尼亞魔法王國》系列和娥蘇拉·勒瑰恩《地海傳說》系列，或是英國菲力浦·普曼的《黑暗元素三部曲》、《冰與火之歌三部曲》等，除了讓臺灣讀者得見西方奇幻文學長期耕耘後的多采樣貌，並有助於奇幻文學類型閱讀向下扎根。而《殛天之翼》及《仇鬼豪戰錄》系列，則是臺灣奇幻文學創作，兩張亮眼的成績單。加上朱學恆將翻譯《魔戒》的翻譯費七百五十萬捐出成立「奇幻文學藝術基金會」，更促進奇幻文學的創作與研究風氣。

　　此外，天下文化有感於現在的孩子每天平均看電視的時間（2小時）比花在看書的時間（0.6小時）多出太多，可見臺灣在兒童書市的推動上還有很大的空間，因此成立「小天下」從翻譯作品開始，希望帶動其他同業開發兒童閱讀版塊。而許多新出版社如：和融、米奇巴克、巨河、暢通等加入童書出版行列，也帶來許多令人耳目一新的佳作。

　　今年兩大報的年度好書獎，除了評審挑選出來的年度好書之外，開放網路讀者票選的「網路版開卷十大好書」顯示讀者的選擇，而誠品和金石堂的年度排行榜則比較出市場反應與專業評審制度的差異。兩大報的年度好書獎如下：

《中國時報》二○○二年開卷好書獎

最佳青少年圖書

書名	作者（譯者）	出版社
公平與不公平、男孩？女孩？和平萬歲!!、真真假假大集合	布莉姬・拉貝、米歇爾・布許／文 傑克・阿薩／圖 謝蕙心、殷麗君／譯	米奇巴克公司
地海傳說系列（共六冊）：地海巫師、地海彼岸、地海古墓、地海孤雛、地海故事集、地海奇風	娥蘇拉・勒瑰恩（Ursula K. Le Guin）／著 殷宗忱、蔡美玲／譯	繆思出版公司
沒有圍牆的美術館	劉惠媛／著	幼獅文化事業公司
為什麼孩子要上學	大江健三郎／著 陳保朱／譯	時報文化出版公司
偷莎士比亞的賊	葛瑞・布雷克伍德（Gary Lyle Blackwood）／著 胡靜宜／譯	商周文化事業公司公司

最佳童書

書名	作者（譯者）	出版社
十顆種子　蝸牛去散步	露絲・布朗（Ruth Brown）／文、圖 經典傳訊童書編輯部／譯	經典傳訊文化公司
早起的一天	賴馬著	和英出版社
阿非，這個愛畫畫的小孩	林小杯／文、圖	信誼基金出版社

書名	作者（譯者）	出版社
啊！科學（共五冊）	柳生弦一郎、小森厚、五味太郎、於保誠、得田之久、金尾惠子／文、圖 蔣家鋼／譯	信誼基金出版社
擦亮路牌的人	莫妮卡・菲特／文 安東尼・布拉丁斯基／圖 林素蘭／譯	玉山社出版公司

《聯合報》二○○二年最佳童書獎

繪本類

書名	作者（譯者）	出版社
再見，愛瑪奶奶	大塚敦子／文、攝影 林真美／譯	和英出版社
我絕對絕對不吃番茄	蘿倫・柴爾德／文、圖 賴慈芸／譯	經典傳訊文化公司
大家來逛動物園	阿部弘士／文、圖 鄭明進／譯	信誼基金出版社
開往遠方的列車	伊芙・邦婷／文 羅奈德・希姆勒／圖 劉清彥／譯	和英出版社
爺爺的天使	尤塔・鮑爾／文、圖 高玉菁／譯	三之三文化公司

讀物類

書名	作者（譯者）	出版社
神啊，你在嗎？	茱蒂・布倫／著 周惠玲／譯	幼獅文化事業公司
沒有圍牆的美術館	劉惠媛／著	幼獅文化事業公司
神從哪裡來？	布莉姬・拉貝、米歇爾・布許／著 傑克・阿薩／圖 吳騑／譯	米奇巴克公司
檸檬的滋味	吳爾芙／著 陳佳琳／譯	玉山社出版公司
狐狸的電話亭	戶田和代／文 高巢和美／圖 郭淑娟／譯	和融出版社

中時二○○二網路版青少年&兒童書類十大好書獎

書名	作者（譯者）	出版社
地海傳說系列（共六冊）	娥蘇拉・勒瑰恩／著 段宗忱、蔡美玲／譯	繆思出版公司
後山的螢火蟲	陳月文、方恩真／文 張光琪／圖	知本家文化公司
狐狸的電話亭	戶田和代／著 高巢和美／圖	和融出版社
為什麼孩子要上學	大江健三郎／著 陳保朱／譯	時報出版公司
請問諾貝爾大師	白蒂娜・史帝克／編	時報出版公司

書名	作者（譯者）	出版社
乳牙掉了怎麼辦？	Selby B. Beeler／文 G. Brain Karas／圖	和融出版社
和平萬歲！！、真真假假大集合、公平與不公平、男孩？女孩？	布莉姬・拉貝、米歇爾・布許／文 傑克・阿薩／圖 謝蕙心、殷麗君／譯	米奇巴克公司
薩琪到底有沒有小雞雞？ 薩琪想要一個小寶寶	提利文、戴爾飛／圖	米奇巴克公司
爺爺的天使	尤塔・鮑爾／文、圖 高玉菁／譯	三之三文化公司
記憶的項鍊	伊芙・邦婷／文 泰德・瑞德／圖	三之三文化公司

（一）新書發表會

1 馬景賢先生兒歌專題講座

　　兒童文學作家馬景賢，從一九八一年開始為幼兒創作兒歌，已有二十年歷史，創作經驗豐富。一月十二日（星期六）上午九時三十分至下午四時三十分，地點為聯合報系第一會議室，馬景賢先生藉由民生報出版的四本自寫自畫的兒歌：《春風春風吹吹》、《天上飛飛地上跳》、《我家有個小乖乖》和《香蕉國王下命令》作精闢深入的專題講座。活動中邀請兒歌專家潘人木、林良和林文寶就「兒歌的創作與欣賞」與讀者分享相關經驗。

2 劉俠義賣首本圖畫書「好小子，喬比」

　　筆名杏林子的劉俠與畫家閒雲野鶴共同完成第一本圖畫書《好小

子，喬比》，書中勇敢的貓咪「喬比」為了體驗生命，引發一連串有趣和感人的故事。劉俠在臺北市舉辦慈善簽名義賣會，義賣由出版社提供的一千本《好小子，喬比》愛心典藏版，義賣所得全部捐贈給智障者家長總會和伊甸基金會。

（二）童書翻譯出版朝「書系」發展，呈現多元化書系的現象

今年童書翻譯出版以規劃清晰完整的「書系」為訴求重點，在議題或是畫風呈現上，也吸引許多成人讀者閱讀。各家出版社有計畫的推出關懷環境、弱勢團體或以培養兒童抽象思考能力的哲學系列、成長系列或作家專輯的圖畫書和青少年文學作品，並搭配書展促銷或媒體報導等來進行行銷。如：格林文化引介自法國的「繪本新浪潮」系列、米奇巴克出版社的「哲學種子」系列、和英出版社的「關懷」系列和「幼兒幽默圖畫書」系列，在青少年文學領域已建立口碑的玉山社的圖畫書「可大可小」系列，遠流「新家庭繪本」和「安的想像世界」系列。天衛文化圖書公司引進日本作家椋鳩十動物故事全集《新月黑熊》、《獨耳大鹿》等。幼獅出版社以「少女成長」為主題的「希若鷹系列」等。

（三）《台灣囡仔報》及《少年台灣雜誌》出版

為了推展臺灣語言，能說出流利的母語（包含客語、河洛、華語）及兼顧全民英語運動，並利用羅馬拼音來教臺灣母語，《台灣囡仔報》推出臺、客、國、英語四語教學，內容包括文教新聞、母語交流道、教育單元、做伙學臺語等單元。

以臺灣歷史、地理為主幹，內容包含臺灣地理百科、臺灣史記、多趣的風物志、少年群英傳等。讓青少年可以深入認識臺灣的風土民情及歷史等。

（四）兒童讀物編輯小組遭裁撤

一九六四年聯合國教科文組織為協助我國發展國民教育，提供五十萬美元給臺灣省教育廳，推動兒童讀物出版計畫，由教育廳、北、高兩市教育局等有關人員，共組兒童讀物出版資金管理委員會，多年來編輯小組出版近千冊的《中華兒童叢書》，發行的《兒童的雜誌》也獲金鼎獎的肯定，更培養創造許多本土畫家及作家。但在今年四月教育部決定廢止具三十八年歷史的兒童讀物編輯小組。與其相關的《兒童的雜誌》在十二月停刊，臺灣書店也併入教育部。

（五）低齡化寫作現象

海峽兩岸出版界出現「出版神童」的熱潮，上海韓寒十七歲推出長篇小說《三重門》成為暢銷書，十二歲的蔣方舟出版《正在發育》，六歲的竇蔻出版《竇蔻流浪記》；臺灣李偉涵十六歲完成的長篇小說《希望之石》也進入大陸市場。使得出版界興起低齡化寫作的現象。

（六）兒童文學獎

臺灣兒童文學獎逐漸受電重視，除了原有獎項之外，可以從今年許多文學獎都增設兒童文學獎項目看出來。同時會促進創作者與評審、讀者的距離及交流的機會，許多獎項並藉由頒獎典禮，同時舉行學術研討會、新書發表會或座談會。

1 文建會臺灣文學獎揭曉

已舉辦十四屆的臺灣省兒童文學創作獎從今年由文建會主辦，改成「文建會臺灣文學獎」包含短篇小說、新詩和童話。今年參選作品短篇小說組二一四件、新詩組四五一件、童話組二四〇件。每一組分

別選出首獎一名、評審獎二名、優選三名及佳作三名。童話組首獎由
趙文華的〈梅花鹿巴躍〉獲得。

2 第十屆「現代兒童文學獎」

　　九歌文教基金會舉辦的第十屆「現代兒童文學獎」包括世界各地
華文作品一三四件來稿中，分三階段評審，最後得獎者有八位，林佩
蓉的《風與天使的故鄉》獲行政院文化建設委員會特別獎、第二名是
呂紹誠《創意神豬》、第三名李志偉《七彩肥皂泡》、榮譽獎五名分別
是陳沛慈《寒冬中的報歲蘭》、鄭美智《少年鼓王》、羅世孝《下課鐘
響》、盧振中《尋找蟋蟀王》和黃秋芳《魔法雙眼皮》。

3 第十四屆信誼幼兒文學獎

　　第十四屆「信誼幼兒文學獎」於四月二十八日揭曉，林小杯以
《阿非，這個愛畫畫的小孩》獲得圖畫書創作首獎，由教育部長黃榮
村先生頒發獎牌一面與獎金廿萬元，林小杯同時也在文字創作《全都
睡了一百年》拿下唯一的佳作獎項；其他獲獎者還包括圖畫書創作佳
作獎劉旭恭《好想吃榴槤》與曹瑞芝《陶樂蒂的開學日》。

4 第五屆「用愛彌補」兒童文學獎揭曉

　　「用愛彌補」兒童文學獎舉辦至今已五屆，從「喜歡自己，也喜
歡不一樣的朋友」到「享受做自己，溫柔對別人」等不同主題，羅慧
夫顱顏基金會已陸續出版了九本兒童故事書，並以贈閱、戲劇表演及
說故事媽媽的方式的校園推廣，今年莒光國小張育哲以《同學阿智》
獲得第一名金獎，表達資質不一樣的同伴需要用愛去關懷的主題。榮
獲第二名銀獎的是《透明魚晶晶》。

5 「新竹縣吳濁流文藝獎」兒童文學獎

二○○二年「新竹縣吳濁流文藝獎」在徵文類別上增加兒童文學項目。首獎由曾幼涵〈井底之蛙〉獲得，貳獎林佑儒〈土地公阿福的故事〉、參獎寧李羽娟〈幽浮事件〉、佳作共三名：黃秋菊〈影子貓歷險記〉、陳秀珍〈變身〉、林宜蓁〈升起來的城市〉。

6 第十屆南瀛文學獎

臺南縣文化局為鼓勵更多人員參與地方文學傳承與創作，開辦了「南瀛文學獎」，今年兒童文學獎得獎名單為：陳榕笙《小延的金銀島》、林哲璋《善化阿嬤》、歐嬌慧《小海龜回家》、范富玲《死了一隻白鳥之後》、楊寶山《最糗的一天》。

7 第九屆師院生兒童文學創作獎

師院生兒童文學創作獎今年由國北師院承辦。徵選類別為童詩和寓言。每個類別選出首獎一名，優等獎三至四名，佳作二十名，共有四十八人獲獎。童詩類，首獎由臺南師院師資班蕭武治獲得，優等獎有周銘斌、鄭頌穎、劉玉珍、張惠如，佳作有潘文玲等二十人。獲得寓言類首獎是市立臺北師院李佩怡，優等獎的是江惠玲、林佳蓉、莊幸芬，佳作由江凱寧等十九人。本屆未舉辦頒獎典禮及印製論文集，由於教育部不再補助相關經費，應為最後一屆舉辦。

8 二○○二年度桃園縣兒童文學獎

桃園縣兒童文學獎創作比賽，總計參賽作品童詩組有二十八篇、兒歌組十八篇、童話組三十一篇、兒童散文組九十二篇，兒童文學創作獎得獎者，各組前三名名單如下：童詩：林淑珍、姜聰味、陳怡靜。兒歌：李光福、林靜琍、倪俊祺。童話：賴梓雲、郭美玲、劉翠

玲。兒童散文／第一名盧宜含、第二名陳學渝、莊影琳、第三名盧宛孜、卜繁宇、陳修竹。

9 十二屆柔蘭兒童文學獎

由高雄市兒童文學寫作學會舉辦的第十二屆柔蘭兒童文學獎分成兒童小說及臺語兒歌兩組。兒童小說特優：曾春〈迴旋的暖流〉。優選：張溪南〈失落的童年〉、鄭宗弦〈相見歡〉、劉錦得〈乩童阿吉〉、陳啟淦〈蝦子的滋味〉、連偉齡〈橘貓〉和許玉蘭〈畢業的禮〉。臺語兒歌特優：顏肇基〈鳳凰花，飛飛飛〉等。優選：林文志〈夜婆〉等、陳景聰〈放風吹〉等、廖炳焜〈阿珠·阿桃〉等、陳佩萱〈水雞〉等、李家鴻〈金光頭〉等、雷浩霖〈啥人在生氣〉等、郭智義〈白色的海砂埔〉等、黃基博〈母親節〉等、黃素妹〈十二生肖〉等、陳照雄〈臺灣是寶島〉等。

10 第六屆余春吉童詩創作獎

由高雄市兒童文學寫作學會舉辦的第六屆余春吉童詩創作獎以鼓勵兒童寫童詩為主，分成高小組及初小組兩組，高小組第一名：李睿仁〈考試〉等、第二名梅嘉豪〈膠帶〉等、第三名蔡依潔〈草莓〉等、佳作為吳侑珊等十四名。初小組第一名：蔡文岸〈考卷〉等、第二名丁海傑〈金針花〉等、第三名孫筱苪〈雪〉等、佳作為雷孟珊等兩名。

（七）兒童讀物評選

1 新聞局金鼎獎

由行政院新聞局主辦的「二〇〇二年金鼎獎」中，今年在十月在宜蘭舉行，雜誌類：《幼獅少年雜誌》獲得兒童及少年類「雜誌出版金鼎獎（團體獎）」，《小百科報報》、《小牛頓兒童科學園地雜誌》及《兒

童的雜誌》獲得兒童及少年類「優良雜誌出版推薦」。圖書類：《藝術家系列》獲兒童及少年讀物類「圖書出版金鼎獎（團體獎）」，《星星王子》、《射日》、《地下鐵》獲得兒童及少讀物類「優良圖書出版推薦」。

2 第二十次中小學生優良課外讀物推介暨第七屆小太陽獎

行政院新聞局主辦的「第七屆小太陽獎」，由「第二十次中小學生優良課外讀物推介」中的圖書中選出七個出版獎與三個個人獎。得獎名單如下：

（1）小太陽出版獎

圖畫書類：《小月月的蹦蹦跳跳課》（何雲姿著，青林國際出版公司）。

科學類：《植物 Q&A》（鄭元春著，大樹文化事業公司）。

人文類：《切膚之愛 —— 蘭大衛的故事》（陳啟淦著，文經出版社）。

文學語文類：《媽祖回娘家》（鄭宗弦著，九歌出版社）。

叢書、工具書類：《蕨類圖鑑》（郭城孟著，遠流出版事業公司）。

漫畫類：《烏龍院20年典藏紀念版》（敖幼祥著，時報文化企業出版公司）。

雜誌類：《小作家月刊》（總編輯蔣竹君，財團法人國語日報社）。

（2）小太陽個人獎

最佳文字創作獎：鄭宗弦《媽祖回娘家》。

最佳編輯獎：周惠玲《臺灣放輕鬆／臺灣原住民》。

最佳插圖：廖東坤《我的福爾摩沙》。

最佳美術設計：三民書局美術編輯組《音樂，不一樣？》系列
叢書。

三　活動

二〇〇二年除了許多兒童文學徵文活動之外，許多國外插畫原畫
展、兒童電影、童話藝術節的活動，讓兒童文學除了靜態的活動之
外，更增添了許多動態的參與及視覺上的饗宴。結合作品、兒童戲
劇、電影讓兒童文學呈現多元的面貌。

（一）「魔法花園——安徒生童話・繪本原畫展」

青林國際出版公司、中國時報系與國父紀念館合辦的「魔法花
園——安徒生童話・繪本原畫展」，於一月二十二日在臺北國父紀念
館展開。這項展出是由安徒生的出生地丹麥奧登塞（Odense）市立安
徒生博物館所提供，首站在日本，臺灣是巡迴的第二站，將陸續在臺
北、高雄、宜蘭和桃園展出，這項展覽將依序巡迴法國、德國、中國
大陸、韓國等地，待二〇〇五年安徒生誕生兩百週年慶時，回到他的
出生地展出。這是國內首度以單一童書作家為主題推出的插畫、文獻
展覽，除了展出從安徒生時代至今由歐洲、美洲、亞洲等多國十六位
國際著名藝術家精心收藏與繪製的二三九件安徒生童話作品外，還將
展出安徒生當年的手稿等珍貴資料。

（二）俄羅斯插畫展

為拓展國人的國際藝術視野，認識俄羅斯藝術，由臺灣藝術教育
館和財團法人中華圖書出版事業發展基金會主辦，PiART Art and
Design Agency 協辦，於「第十屆臺北國際書展」開幕首日，同時於

臺灣藝術教育館中正藝廊舉辦「俄羅斯插畫展」，展出近百位傑出插畫家三百幅的插畫作品。展出時間為二月十九日至三月二十四日，地點為臺北市中正紀念堂中正藝廊，並邀請俄羅斯插畫家基里爾・契魯許金（Kirill Chelushkin），即「安徒生故事」插畫作者，於書展現場舉辦作者海報簽名會。

（三）「二〇〇二──童想」兒童影展

臺中市文化局將與知名導演李行、國家電影資料館、極忠文教基金會等單位，從九月二十七到十月四日共同主辦「二〇〇二──童想」兒童影展。這是國內第一次舉辦以兒童為主的影展，特別引進大陸專為小朋友拍攝的十部電影，包括「城南舊事」、「我的九月」、「天堂回信」、「我也有爸爸」、「草房子」、「無聲的河」、「唱大戲」、「微笑的螃蟹」、「花季雨季」、「棒球少年」，其中「城南舊事」更是作家林海音的原著改編。

（四）我和我站立的村子──鄭明進70圖畫書文件展

兒童文學資深工作者鄭明進，除大量引薦並推廣世界各國著名的兒童圖畫書外，也蒐藏很多世界各地的圖畫書、海報及相關文件。九月二十八日至十月十三日在誠品敦南店展出他參觀各個國際書展、原畫展及結識各國圖畫書插畫家、出版社收藏的兩百多圖畫書海報、一九八二至二〇〇二年二十多本歷屆義大利波隆那國際圖畫書原畫展專輯及世界各國原版圖畫書等文件。展覽結束之後，由臺東師院兒童文學研究所預計成立的「兒童文學館」收藏鄭明進個人原畫作品十件、早期大陸圖畫書五十本、早期日本圖畫書五十本、早期歐美圖畫書五十本、世界著名插畫家及國際插畫展海報二三二張，以及與這些海報相關的圖畫書共二百本。

（五）文建會兒歌一百徵選活動

　　舉辦「文建會兒歌一百徵選活動」經過長達兩個月縝密的初審、複審、決審階段，針對不同語言聘請三十三位專業評審，共選出社會組、兒童組國語、客語、閩南語、原住民組得獎作品共八十四首，並所有得獎作品製作兒歌集及唸唱 CD，提供各界參考，作為推廣之用。頒獎典禮於二○○二年十二月二十一日在文建會藝文空間隆重舉行，由鞋子劇團規劃頒獎典禮及表演節目，總計有二百多人參與盛會。此次徵選原住民語及客語質量大幅提高，更有全家人一起參與創作的作品。此外，《月娘光光──臺灣（2001年）兒歌一百》作品集榮獲政府優良出版品。二○○○年的八十五首兒歌請專人譜曲製作成 CD 及互動式光碟，並上網提供民眾下載及舉辦兒歌大賽，達成推廣兒歌的目的。

（六）兒童文學創作與研究夏令營

　　為推廣兒童文學寫作，中華民國兒童文學學會暨國語日報合辦「兒童文學寫作夏令營」。邀請兒童文學作家及學者擔任講師，包括林煥彰、杜榮琛、方素珍等人。研習活動從七月三十日到八月三日，研習地點在國語日報社。此外臺灣省兒童文學協會七月二十一日到七月二十五日在靜宜大學舉行「二○○二年度文學創作研究夏令營」，中國文藝協會從七月一日也推出「兒童文學理論與創作實驗班」。

（七）「二○○二臺中國際童話藝術節」

　　由臺中縣市政府共同共辦「童話傳奇劇場」及臺灣競爭力中心策劃的「二○○二臺中國際童話藝術節」七月六日在臺中展開，邀請國內外童話藝術家參與。有童話人物踩街遊行活動、國際插畫展、書

展集邀請兒童文學家說故事活動，並結合許多國家表演人才進行跨國兒童劇團製作表演，將著名格林童話故事改編成為新的故事集錦，並配合活動進行「臺中童話創作文學獎」徵文活動。

（八）田園之春──趕集樂活動

行政院農業委員會為推廣自然教育，增進兒童對農業及農村文化的了解，委託中華民國四健會協會邀集兒童文學作家與插畫家，以農、林、漁、牧等產業為主題，分生產、生活、生態三方面，以圖畫書的形式，編印每套一百本的「田園之春」叢書，送到全國國小圖書館，作為推廣鄉土教育的教材。一月在國父紀念館辦理「田園之春──趕集樂」活動，展示原畫，配合闖關游戲，讓兒童認識自然和生態。

四　教學

二○○二年兒童文學的教學與研究更是蓬勃的發展，就研討會及座談會而言有下列場次：

（一）第六屆全國兒童文學與兒童語言學術研討會

時間是五月二十四至二十五日（星期六至日），地點為靜宜大學國際會議廳。

由靜宜大學文學院主辦，靜宜大學英語系承辦，臺灣省兒童文學協會、臺灣閱讀協會和財團法人翰林文教基金會協辦之研討會，會議主題為「兒童文學的閱讀與應用」，由臺灣閱讀協會張理事長杏如主講「由信誼幼兒文學講談臺灣幼兒文學創作」揭開序幕後，進行五場有關「兒童文學與『教』『學』」、「童書與語言教學」、「兒童文學與閱讀」、「閱讀《哈利波特》」和「兒童文學與成長」為主題的研討，最

後專家學者進行以「兒童文學的應用與創作」為主題的綜合座談，並出版《第六屆全國兒童文學與兒童語言學術研討會論文集》。

(二) 臺灣少年小說學術研討會

時間是六月八至九日（星期六至日）早上九時三十分至下午五時三十分，地點為臺北市立圖書總館十樓。

為了針對一九四五年來臺灣少年小說的發展脈絡及現象進行深入探討，臺東師院兒童文學研究所與九歌文教基金會合辦「臺灣少年小說學術研討會」。會中邀請鄭清文先生專題演講，舉行六場論文研討會，一場以「九歌現代兒童文學獎的意義」及「華文少年小說的未來」為主題的座談會。特別邀請著名作家冰子及秦文君參與盛會。會中發表〈九歌現代兒童文學獎的觀察〉、〈臺灣少年小說的閱讀和教學〉、〈臺灣少年小說日譯狀況之研究〉等十三篇論文。

(三) 安徒生童話之藝術表現及影響學術研討會

時間是七月二十四至二十五日（星期六至日），地點為國家圖書館會議廳。

由文建會主辦，青林國際出版公司承辦，臺東師院兒童文學研究所協辦的研討會核心主題為「安徒生童話」藝術表現及影響，研討的範圍涵蓋安徒生童話有關的插畫藝術、童話的美學意涵、象徵意義、跨界寫作、翻譯與改寫及擬人化手法等主題，延伸到影像化的電影改編及戲劇改編、音樂藝術表現之影響的研究分析。同時整理國內學術界對安徒生的研究與出版界出版安徒生童話的歷史發展軌跡和未來努力的方向。會中共發表十三篇論文，進行兩場「『從安徒生童話原畫展』——談臺灣插畫的發展」及「安徒生童話故事的人文性與藝術性」座談會。會中邀請國內外知名兒童文學專家、插畫家曹俊彥、幾

米及音樂家陳冠宇等人參與討論，從多元化的角度來檢視安徒生童話
的藝術。

（四）二〇〇二年海峽兩岸兒童文學交流座談會

時間是七月二十七日（星期六）下午二時至下午六時三十分，地
點為聯合報大樓。及七月二十八日（星期日）下午二時至下午六時三
十分，在國語日報社。

民生報和國語日報各辦一場海峽兩岸兒童文學交流座談會，邀請
大陸知名作家上海師範大學梅子涵教授和浙江師範大學中文系兒童文
學研究所所長方衛平教授，與臺灣學者、編輯、出版人和作家共同討
論兩岸兒童文學發展的現況、大陸低齡化寫作的現象、大陸圖畫書未
來的發展、大陸少年兒童的閱讀喜好、兒童文學工作者開始投入小學
「新語文讀本」編寫工作的現象等主題進行交流。其中梅子涵提出閱
讀經典的重要，而林文寶強調要多元閱讀，方衛平認為舉辦兒童文學
獎是提升創作風氣很好的方法。對於低齡化寫作則認為是出版社炒作
的文化現象，但是因為大陸媒介對青少年的研究調查指出，兒童認為
目前讀物低估他們的生活經驗和接受能力，使少年讀者提早離開童
書，轉向成人世界，這樣的現象值得兩岸兒童文學工作者關注。

（五）二〇〇二年度海峽兩岸當代兒童文學研討會

時間是十月十二日（星期六）上午八時至下午五時，地點為東海
大學省政研究大樓國際會議廳。

由財團法人臺中市國語文研究學會主辦，邀請北京大學曹文軒教
授「成長小說」及東北師範大學朱自強教授談論「中國大陸幻想小說
的自覺」及臺灣多位學者專家發表十二篇論文，進行兩岸兒童文學的
研討和分析。包括〈走入啟蒙文學的園地——文化豐碩的讀經教

育〉、〈兒童文學中的巫婆現象〉、〈林良作品的語言藝術〉、〈臺灣改寫外國兒童文學作品原因之探討──以王爾德童話改寫為例〉及〈建構女性作家的寫作優勢──陳素宜作品評論〉等。

（六）兒童文學創作座談會

時間為十月十二日下午六時三十分至八時三十分，地點為臺中長榮桂冠酒店。

由臺中市國語文研究學會主辦，邀請北京大學及知名作家曹文軒教授談兒童文學創作理念、及其少年小說、《草房子》改編成電影獲得國際大獎肯定的過程，另外邀請東北師範大學朱自強教授針對曹文軒作品中的形象、女性及相關創作手法進行分析比較，會中並邀請國內專家學者林良、林文寶、張子樟等人進行座談。

（七）行動研究的推手──進入孩子心靈的旅程
　　　（維薇安・嘉辛・裴利演講與研習會）

時間為二○○二年十月三十一日（星期四）及十一日一至二日（星期五至六），研習地點為劍潭活動中心，演講地點在國家圖書館。

由財團法人毛毛蟲兒童哲學基金會主辦、臺東師範學院和成長文教基金會協辦的研習會，主要針對全國公私立小學、幼稚園教師、幼教專業人員及家長的活動，透過國內外專家學者的帶領與經驗傳遞，讓第一線的專業工作者、老師、家長等，能更了解孩子，改善大人與小孩之間的互動關係，並提升國內國民教育環境的品質，增強行動研究的行動力，進入孩子心靈的旅程。議程安排芝加哥大學幼教專家維薇安・嘉辛・裴利演講，並邀請楊茂秀、幸曼玲、吳敏而、倪鳴香等老師進行座談。另外許多專家談裴利的教學、行動研究及相關戲劇表演等的研習活動。如：「開門見山談裴利──敘事的連續性」；「細說

裴利──孩子想的和孩子說的（傾聽、觀察、了解）」、「戲說孩子說
的故事」、「童玩遊戲及戲劇遊戲等」……。

（八）兒童文學與兒童文化學術研討會

時間是十一月一至三日（星期五至星期日），地點為臺東縣文
化局。

由教育部指導，臺東師院兒童文學研究所、兒童讀物研究中心、
毛毛蟲兒童哲學基金會、兒童文化藝術基金會合辦之「兒童文學與兒
童文化學術研討會」。主要針對如何促進華文世界兒童文學的發展進
行交流，並針對海峽兩岸三地兒童文學的交流、華文世界兒童文學的
未來進行座談會。

會中邀請美國幼教專家裴利女士及日本京都大學教授村瀨學教授
進行專題演講。還有馬來西亞愛薇、香港潘明珠、任榮康、楊熾均、
霍玉英及十多位故事天使，大陸學者重慶師範大學彭斯遠教授及中國
少年兒童新聞出版總社副總編輯盧曉莉小姐，國內外共三百多名學者
專家參與盛會。會中發表二十篇論文，臺灣十五篇，大陸二篇，香港
二篇，馬來西亞一篇。

（九）華文地區兒童讀物與媒體的發展與現象座談會

時間為十一月四日（星期一）下午二時至四時三十分，地點為聯
合報大樓。

邀請香港霍玉英博士、香港兒童文學研究學會會長楊熾均教授、
大陸學者重慶師範大學彭斯遠教授及中國少年兒童新聞出版總社副總
編輯盧曉莉小姐、臺灣張子樟教授、馬景賢先生及研究生、故事媽媽
一同討論兩岸兒童讀物與媒體的現象。其中比較大陸與臺灣因應網路
時代來臨，臺灣報系有電子化形式，而大陸則開始增加圖片量和精簡

文字。其中香港和大陸均對臺灣推行故事媽媽培訓，藉由親子間的互動和影響，帶動兒童文學相關活動的成果給予極高的肯定和學習的意願。因為學術、創作和實務相互配合，教育教師、家長才能使兒童文學受到重視，並提升其質量。

（十）兒童文學資深作家作品研討會──馬景賢先生作品研討會

時間是十一月三十日（星期六）上午九點三十分至下午四點三十分，地點為臺北市立圖書館總館十樓會議廳。

為了對在兒童文學界耕耘多年的資深作家致以崇高的敬意，並整理他們的生平、創作、理論等著作，建立完整的臺灣兒童文學史的人物志及資料庫檔案，每年舉辦「兒童文學資深作家作品研討會」，目前已舉辦過林海音、潘人木、林良、林鍾隆的研討會。

今年以馬景賢的作品為主，從其創作、翻譯、古典小說改寫、歷史小說、相聲、兒歌等創作的理念及特色進行探討。會中發表〈從〈小英雄與老郵差〉及《白玉狐狸》二書中看馬景賢先生的歷史小說寫作手法〉、〈推廣「語文教育」的相聲藝術──淺談馬景賢先生的《非常相聲》〉、〈古典小說淺譯為兒童文學的可能──以馬景賢改寫《鏡花緣》為例〉等論文，並以「馬伯伯的文學工作簿和作品分享」為題進行綜合座談。

（十一）林海音及其同輩女作家學術研討會

時間為十一月三十日（星期六）十二月一日（星期日），地點為國家圖書館會議廳。

由行政院文化建設委員會指導、文化資產保存研究中心籌備處主辦、中央大學承辦的《林海音及其同輩女作家學術研討會》，邀請兩

岸學者共發表論文十六篇，包括林海音及其時代、林海音及其文學以及林海音同輩女作家等三大主題，包括專論潘人木、聶華苓、徐鍾珮與鍾梅音等。兩岸學者專家在會上從歷史、女性等多個角度，對林海音從事出版、編輯和創作的成果進行了探討，並對林海音的歷史定位、林海音及同輩女作家的文學表現等方面提出了一些研究成果，會中還安排一場「閱讀林海音」座談會。現場展出林海音及同輩女作家的照片及作品，並準備《一座文學的橋——林海音紀念文集》贈送與會者。論文包括應鳳凰〈林海音與六十年代臺灣文壇〉、梁竣瓘〈試論中國大陸林海音小說研究〉及朱嘉雯〈林海音及同時代女作家的五四傳承〉等。

五　研究

除了眾多學術研討會及座談會之外，尚有重要的學術交流及相關研究：

（一）東師兒文所師生赴大陸進行學術交流

二〇〇三年一日二十一日至一月三十一日由臺東師院兒童文學研究所林文寶所長帶領在職進修專班暑期班及夜間班學生至瀋陽師範大學進行「二十世紀九十年代兩岸童話研究研討會」，就兩岸童話的發生、發展狀況做全面性的研究。一月二十五日參與由遼寧省兒童文學學會會長趙郁秀主辦之「海峽兩岸兒童文學交流研討會」，與瀋陽及東北地區作家、理論家進行研討。並至北京大學和作家進行創作座談，與北京「人民教育出版社」的編輯進行兩岸教科書編輯座談會，及至中國少年兒童新聞出版社與作家和編輯學座談，了解大陸兒童雜誌及兒童書籍的出版、編輯等狀況。

（二）香港教育學院召開「兒童文學與語文教育研討會」

二〇〇三年為了配合新世紀的教育發展，香港教育學院中文系、語文教育中心、香港兒童文學研究學會聯合籌辦「兒童文學與語文教育研討會」，一月十七至十八日在香港教育學院（大埔校園）舉行。大會主題為「回應課程改革：新世紀的兒童文學教學」，分成四個子題：一、兒童文學與教學；二、兒童文學與創作；三、兒童文學與教材編選；四、兒童文學與資訊科技。研討會旨在集合兒童文學專家學者、師資培訓人員、創作者與前線的教師，討論在新世紀課程改革中兒童文學的理論、兒童文學與教學、創作、教材和資訊科技等方面的配合發展，發揮兒童文學與語文教育的互動作用。這次研討會邀請中、港、臺十三位學者與作家進行主題演講，包話金波、曹文軒、陳子典、蔣風、林文寶、劉鳳芝、陳木城和杜榮琛、黃慶雲、嚴吳嬋霞等，會議當中更有來自兩岸三地學者專家發表二十五篇論文和許多兒童文學愛好者及教師參與研討會。

（三）臺東師院兒童文學研究所獲准成立博士班

臺東師院兒童文學研究所成立至今已邁入第六年，六年當中承辦許多兒童文學學術研討會，建立兒童文學相關史料，並與大陸、香港、馬來西亞等華文世界的兒童文學專業人士、學術機構、民間團體進行學術交流活動，促進建立臺灣兒童文學的發展有卓越的成就。在五月經過教育部審慎的評估之下獲准成立，二〇〇三年六月進行第一屆兒童文學博士班招生。

（四）財團法人兒童文化藝術基金會成立

為配合臺東師院兒童文學博士班成立，並籌創第一所屬於華文世界的「國際兒童文學研究中心」及規劃未來「兒童文學館」贊助海外

遊學計畫，拓展學生研究視野，並建立臺灣兒童文學史料等，「財團法人兒童文化藝術基金會」六月成立。

（五）桃園兒童文學協會成立

桃園一直有許多兒童文學專業人才，如：傅林統、馮輝岳、黃秋芳等，加上不同族群語言的滋養，使得在各項徵文中皆擁有很好的成績。十二月七日「桃園兒童文學協會」成立更能促進兒童文學的發展。

（六）幼兒兒童文學學會成立

今年由屏東師院徐守濤老師為理事長的幼兒文學學會成立，讓兒童文學學會的體制向下延伸，更加完整。

（七）全國第一個英語童書室成立

國內第一個英語童書室十月十四日在雲林科技大學圖書館成立。主要由應用外語系規劃，挑選國內外著名英語童書，收藏許多華裔兒童文學作家作品，以及外籍兒童文學作家撰寫有關於中國文化與中國民俗故事作品，提供多元、豐富的英語書籍、英語學習者的環境及英文老師的教學資源中心。

（八）全國首座兒童外文圖書館成立

全國第一座兒童外文讀物主題圖書館——小小世界外文圖書館，十月在臺北市立圖書總館地下二樓開幕。全館收藏一萬五千冊童書，適合學齡前幼兒、兒童及青少年閱讀。藏書以美、英國為主，種類包含各類圖書及視聽資料。還另闢六大兒童文學系列獎的叢書，包括國際安徒生獎、美國紐伯瑞獎、凱迪克獎、英國格林威獎、德國青少年文學獎及日本產經兒童出版文化賞等經典作品。

六　結語

　　二○○二年臺灣的兒童文學創作及活動，從出版、學術活動仍是一片活絡景象，特別是剛開始由政府單位提倡的閱讀和推廣兒童文學的活動已落實到基層。這些現象都可以看出臺灣兒童文學發展已從政府、學術機構慢慢伸植入民間團體、出版社，這樣多元的管道同時進行，才能促使兒童文學不管在理論、創作、閱讀、研究、出版或各項活動上的發展。同時，相關學術團體的成立和積極的向外交流及學習經驗，也讓臺灣兒童文學向下扎根，向外拓展而逐步發展自己的特色，並朝成為世界華文兒童文學研究重鎮的目標邁進。

二○○二年兒童文學論述書目

書名	作者（譯者）	出版地	出版社	出版日期	開數	頁數
當公主遇見王子	桂文亞主編	臺北市	民生報社	1月	15×21	321
魔法花園	鄭明進導賞	臺北市	青林國際出版公司	1月	24×24	67
台灣兒童圖畫書導賞	徐素霞編著	臺北市	國立台灣藝術教育館	1月	21×29.5	257
朗讀手冊——大聲為孩子讀書吧！	古姆・崔利斯 Jim Trelease 著／沙永玲、麥奇美、麥倩譯	臺北市	天衛文化圖書公司	1月	18.5×26	234
戲偶在樂園——幼兒戲偶教學工具書	王添強、麥美玉著	臺北市	財團法人成長文教基金會	1月	19×21	175
西班牙兒童文學導讀	宋麗玲	臺北市	中央圖書出版社	1月	15×21	131
漫畫研究	蕭湘文	臺北市	五南圖書出版公司	1月	17.2×23.2	218
故事與心理治療	亨利・羅克斯 Henry T. Close 著／劉小菁譯	臺北市	張老師文化事業公司	2月	15×21	296
圖畫書狂想曲2	許慧貞等編著	臺北縣	螢火蟲出版社	2月	19×26	88
J.K. 羅琳傳——哈利波特背後的天才	辛・史密斯著／王燦然譯	臺北縣	遠景出版事業公司	2月	15×21	256
奇靈精怪——精靈、巫師、英雄、魔怪大搜尋	羅伯英潘	臺北市	格林文化事業公司	2月	17.5×23.5	126
繪本教學 DIY	鄧美雲、周世宗	臺北市	雄獅圖書公司	2月	19×26	169

書名	作者（譯者）	出版地	出版社	出版日期	開數	頁數
親子共讀有妙方	黃迺毓著	臺北市	財團法人基督教宇宙光全人關懷機構	2月	12×18.5	125
劉清彥的烤箱讀書會	劉清彥著／張琰、李慧娜等譯	臺北市	財團法人基督教宇宙光全人關懷機構	3月	12×18.5	239
樂趣讀書會DIY	江連居主編	臺北縣	手藝家書局	3月	15×21	278
搶救閱讀55招——兒童閱讀實用遊戲	王淑芬	臺北市	作家出版社	3月	15×21	167
兒童文學界追思林海音先生感懷會特刊——憶……難忘	周慧珠、方素珍主編	臺北市	中華民國兒童文學學會	3月	15×21	66
中國兒童文學教育理論與輔導教學	雷僑雲	高雄市	高雄復文圖書出版社	3月	15×21	593
2001好書指南——少年讀物、兒童讀物	曾淑賢策劃	臺北市	行政院文化建設委員會	3月	21×20	245
中國文化的處世智慧	林惠文編	臺北縣	華文網公司第三出版事業部‧新閱書社	4月	15×21	173
灰姑娘睡美人站起來	溫蒂‧巴莉絲Wendy Paris著／林明秀譯	臺北市	方智出版社	4月	15×21	244
我是哈利波特迷	艾利恩	臺北市	數位人資訊公司	4月	21×28	123
哈利波特魔法解密書——帶你進入9又3/4月台	七會靜著／蕭志強譯	臺北縣	世茂出版社	4月	15×21	140

書名	作者（譯者）	出版地	出版社	出版日期	開數	頁數
巫婆的前世今生——童書裡的女巫現象	羅婷以	臺北市	遠流出版事業公司	5月	15×21	148
巫婆就是這樣的！	馬柯曼·柏德 Malcolm Bird 著／羅婷以譯	臺北市	遠流出版事業公司	5月	23×20.5	94
大家一起來玩故事	林月娥等	臺北市	聯經出版事業公司	5月	21×28	207
親子共讀魔法DIY	張靜文	臺北市	匡邦文化事業公司	5月	15×21	237
第六屆「兒童文學與兒童語言」學術研討會論文集	海柏等	臺北縣	富春文化事業公司	5月	15×21	355
童話析論	廖卓成	臺北市	大安出版社	5月	15×21	285
拜訪兒童文學家族——少年小說童話	許建崑	臺北市	世新大學出版中心	5月	14.9×21	298
孔雀魚之戀——22位知名作家的童年往事	林良等	臺北市	幼獅文化事業公司	5月	15×21	171
親子共學——客廳裡的讀書會	王淑芬	臺北市	幼獅文化事業公司	6月	15×21	182
哈利波特的魔法世界	寇伯特 David Colbert 著／鍾友珊譯	臺北市	城邦文化事業公司	6月	15×21	240
哈利波特魔法學院	何之青	臺北市	大都會文化事業公司	6月	14.8×21	146
寓言的密碼	張遠山	臺中市	好讀出版公司	6月	15×21	314

書名	作者（譯者）	出版地	出版社	出版日期	開數	頁數
哈利波特的祕密——與 J.K. 羅琳對話	J.K. 羅琳 J.K. Rowling＆琳賽・費瑟 Lindsey Fraser 著／莊靜君譯	臺北市	皇冠文化出版公司	7月	14.9×20.9	95
哈利波特魔法教室	World Potterian Association 編／許倩珮譯	臺北市	台灣東販公司	7月	14.8×21	213
兒童故事治療	傑洛德・布蘭岱爾 Jerrold R. Brandell 著／林瑞堂譯	臺北市	張老師文化事業公司	7月	14.8×21	272
漫畫漫畫萬萬歲——小漫畫家生存日誌	廣林院散人	臺北縣	新雨出版社	7月	20×20	148
五個故事媽媽的繪本下午茶	林寶鳳、蔡淑媖、葉青味、林秀玲、郭雪貞	臺北市	遠流出版事業公司	7月	15×21	129
格林童話的生活啟示	墨游	臺北縣	台灣廣夏有聲圖書公司	8月	15.5×21.4	216
古代妖精的神幻傳說	吳璜編著	臺北縣	台灣時業文化	8月	15×20.7	154
播種希望的人們	邱各容	臺北縣	富春文化事業公司	8月	15×21	252
愛上表演課	王玡	臺北市	幼獅文化事業公司	9月	15×21	191
傑出科學圖畫書插畫家	鄭明進	臺北市	雄獅圖書公司	9月	19×26	155

書名	作者（譯者）	出版地	出版社	出版日期	開數	頁數
兒童戲劇編寫散論	曾西霸	臺北縣	富春文化事業公司	9月	15×21	132
故事學	周慶華	臺北市	五南圖書出版公司	9月	17×23	425
教室 v.s. 劇場——圖畫書的戲劇教學活動示範	葛琦霞	臺北市	信誼基金會出版社	9月	18.8×24.5	179
2002 Andersen安徒生童話之藝術表現及影響學術研討會論文集	青林國際出版公司編	臺北市	行政院文化建設委員會	9月	21×29.8	239
打開繪本說不完	花蓮縣新象社區交流協會編	臺北市	行政院文化建設委員會	9月	17.3×26.2	128
童書三百聊書手冊低年級壹至肆冊	國立教育研究院籌備處	臺北市	教育部	9月	14.7×21.1	102
童書三百聊書手冊低年級伍至捌冊	國立教育研究院籌備處	臺北市	教育部	9月	14.7×21.1	108
童書三百聊書手冊低年級玖至拾貳冊	國立教育研究院籌備處	臺北市	教育部	9月	14.7×21.1	104
打開一本書 1	凌拂總策劃	臺北市	遠流出版事業公司	10月	19×26	150
打開一本書 2	凌拂總策劃	臺北市	遠流出版事業公司	10月	19×26	198
打開一本書 3	凌拂總策劃	臺北市	遠流出版事業公司	10月	19×26	116
感動曹文軒的小說世界	桂文亞主編	臺北市	民生報社	10月	20×20	159
幼兒文學概論	黃郇媖	臺北縣	光佑文化事業公司	10月	15×21	287

書名	作者（譯者）	出版地	出版社	出版日期	開數	頁數
托爾金傳	麥克・懷特 Michael White 著／莊安琪譯	臺北市	聯經出版事業公司	10月	15×21	231
認識裴利	財團法人毛毛蟲兒童哲學基金會編	臺北市	財團法人毛毛蟲兒童哲學基金會	10月	15×21	136
回顧中的省思——少年小說論述及其他	張子樟	澎湖縣	澎湖縣文化局	11月	15×21	333
馬景賢作品討論會論文集	徐守濤等	臺北市	中華民國兒童文學學會	11月	19.3×26.2	90
我把羅曼史變教材了	鍾佩怡	臺北市	女書文化事業公司	11月	19.2×26	142
少年小說研究	張清榮	臺北市	萬卷樓圖書公司	12月	15×21	363
安徒生與格林童話的故事人生	戴劍萍編著	臺北縣	培育文化事業公司	12月	14.8×21	219
不只愛讀，還要會讀	沈惠芳	臺北市	民生報社	12月	20×19.8	132
國民中小學戲劇教育國際學術研討會論文集	陳篤正	臺北市	國立台灣藝術教育館	12月	19×26	297
藝術童書國	余明樺編著	臺北市	藝術圖書公司	12月	21×29.8	157
小手做小書1生活書	陳淑華	臺北市	光佑文化事業公司	12月	21×20	82
發掘格林童話新智慧	格林兄弟 Jakob Grimm, Wilhelm Grimm 著／代紅譯	臺北縣	大步文化	12月	14.5×20.5	192

二〇〇二年兒童文學創作書目

書名	作者	出版地	出版社	出版日期	開數	頁數	文類
小狗阿疤想變羊	圖文／龐雅文	臺北市	格林文化事業公司	1月	21×29	無頁碼	圖畫書
G的秘密	蒙永麗	臺北市	國語日報社	1月	15×21	204	小說
天空也傷心	葉明山	臺北市	文房文化事業公司	1月	15×21	238	小說
星星人在敲我的門	圖文／陳璐茜	臺北市	幼獅文化事業公司	1月	15×21	167	故事
謝坤山的故事	管家琪	臺北市	文經出版社	1月	15×21	161	傳記
泡妞特攻特	王文華	臺北縣	小兵出版社	1月	15×21	260	小說
小頑童丫檔案	李光福	臺北縣	小兵出版社	1月	20.5×19.5	155	故事
啥癢特攻隊（原名捉拿古奇颱風）	管家琪	臺北市	民生報社	1月	20.8×17.5	186	童話
原住民神話・故事全集2	林道生編著	臺北市	漢藝色研文化事業公司	1月	15×21	188	民間故事
小惡童日記	曾玲	臺北市	大田出版公司	2月	15×21	151	散文
完全女巫奇蹟	Plue	臺北市	法蘭克福國際工作室	2月	15×21	233	小說
希望音樂盒	陳璐茜	臺北市	幼獅文化事業公司	2月	15×21	175	故事
咖啡杯裡的微笑	圖文／陳璐茜	臺北市	幼獅文化事業公司	2月	15×21	191	故事
我的世界	圖文／陳璐茜	臺北市	幼獅文化事業公司	2月	15×21	88	故事
春天的短歌	文／向陽 圖／何華仁	臺北市	三民書局	2月	21×23.5	47	童詩

書名	作者	出版地	出版社	出版日期	開數	頁數	文類
早起的一天	圖文／賴馬	新竹市	和英出版社	2月	26.5×25.5		圖畫書
「灰姑娘」鞋店	文／李民安 圖／郜欣、倪靖	臺北市	三民書局	2月	25×25	57	童話
土撥鼠的春天	文／喻麗清 圖／吳珮蓁	臺北市	三民書局	2月	25×25	53	童話
小黑兔	文／趙映雪 圖／莊孝先	臺北市	三民書局	2月	25×25	55	童話
愛咪與愛米麗	文／王明心 圖／楊淑雅	臺北市	三民書局	2月	25×25	57	童話
大野狼阿公	文／方梓 圖／吳健豐	臺北市	三民書局	2月	25×25	55	童話
細胞歷險紀	文／石家興 圖／鄭凱軍、羅小紅	臺北市	三民書局	2月	25×25	55	童話
無賴變王子	文／王明心 圖／小料	臺北市	三民書局	2月	25×25	57	童話
大海的呼喚	文／管家琪 圖／吳健豐	臺北市	三民書局	2月	25×25	53	童話
黑熊舞蹈家	沈石溪	臺北市	幼獅文化事業公司	2月	15×21	283	故事
美女與雄獅	沈石溪	臺北市	幼獅文化事業公司	2月	15×21	287	故事
徐正平文存	徐正平	桃園縣	新街國民小學	2月	15×21	1542	綜合（含童話、故事、童詩等創作）

書名	作者	出版地	出版社	出版日期	開數	頁數	文類
身為一隻黃鼠狼	圖文／陳潔	臺北市	玉山社出版事業公司	2月	17×22	118	圖畫書
玫瑰巧克力	溫小平	臺北市	幼獅文化事業公司	2月	15×21	197	故事
生命的童話：基因工程大發現	陳章良主編	臺北縣	正中書局	2月	15×19	215	故事
手印怪	蒙永麗	臺北市	國語日報社	2月	15×21	109	小說
我是神探	蒙永麗	臺北市	國語日報社	2月	15×21	222	小說
我的世界——打開心門，遇見自己	圖文／陳璐茜	臺北市	方智出版社	2月	15×21	88	圖畫書
切膚之愛——蘭大衛的故事	陳啟淦	臺北市	文經出版社	2月	15×21	157	傳記
迷迷遊歷糊塗國	高光門等	臺北縣	大華風采網路科技公司	2月	17×22	199	故事
天才傻小子	詩影	臺北市	驛站文化事業公司	3月	15×21	178	童話
倪亞達臉紅了	袁哲生	臺北市	寶瓶文化事業公司	3月	16.5×20	190	故事
媽媽不見了	圖文／蕭言中	臺北市	東森華榮傳播事業公司	3月	21×20	35	圖畫書
媽媽的聲音	圖文／蕭言中	臺北市	東森華榮傳播事業公司	3月	21×20	35	圖畫書
奇怪的奶瓶	圖文／蕭言中	臺北市	東森華榮傳播事業公司	3月	21×20	35	圖畫書
呀米歷險記	火星爺爺、谷靜仁	臺北縣	寶瓶文化事業公司	3月	16.5×20	191	故事
數學王國奇幻之旅	文／張明薰 圖／陳文賢	臺北市	文經出版社	3月	15×21	117	故事

書名	作者	出版地	出版社	出版日期	開數	頁數	文類
綠衣人	李潼	臺北市	民生報社	3月	15×21	227	小說（再）
15歲的叛逆日記	楊翹	臺北市	文房文化事業公司	3月	15×21	191	小說
宇宙超級郵差	吳燈山	臺北縣	富春文化事業公司	3月	15×21	189	童話
文化動物園	文／張遠山 圖／王儉	臺北市	海鴿文化出版圖書公司	3月	15×21	159	寓言
一九七九年夏天	林良彬	臺北縣	富春文化事業公司	3月	13×18.3	268	小說
數學王國奇幻之旅	文／張明薰 圖／陳文賢	臺北市	文經出版社	3月	14.8×21	117	童話
溫柔的鬍渣	羅位育主編	臺北市	幼獅文化事業公司	4月	15×21	125	散文
淺紫色的故事	馬景賢主編	臺北市	幼獅文化事業公司	4月	15×21	119	散文
郵票奇案	蒙永麗	臺北市	國語日報社	4月	15×21	148	小說
阿非，這個愛畫畫的小孩	圖文／林小杯	臺北市	信誼基金出版社	4月	28×21		圖畫書
好想吃榴槤	圖文／劉旭恭	臺北市	信誼基金出版社	4月	17×26		圖畫書
文建會第十四屆兒童文學創作獎（上）名字離家	陳昇群等	臺北市	行政院文化建設委員會	4月	19×26	130	童話
文建會第十四屆兒童文學創作獎（下）名字離家	陳昇群等	臺北市	行政院文化建設委員會	4月	19×26	260	童話
青年 Easy 閱讀棧	小野等	臺北縣	正中書局	4月	19.5×21	192	散文

書名	作者	出版地	出版社	出版日期	開數	頁數	文類
台灣英雄：大巡撫與小飛毛	余遠炫	臺北市	文經出版社	4月	15×21	207	小說
我家要嫁鬼新娘	鄭宗弦	臺北縣	富春文化事業公司	4月	15×21	217	小說
我不笨，我要出書	王淑芬	臺北縣	作家出版社	4月	15×21	191	故事
冰小鴨的春天	孫幼軍	臺北市	民生報社	4月	20×18	99	童話
阿丁尿床了	文／謝明芳 圖／李玉倩	臺北市	國語日報社	4月	19×26		圖畫書
阿貴大嘴巴	春水堂科技娛樂公司	臺北市	阿貴出版公司	5月	17×19	172	故事
尋找尼可拉	林滿秋	臺北市	小魯文化事業公司	5月	15×21	218	小說
課堂外的第一名	楊國明	臺北市	健行文化出版事業公司	5月	13×20.5	213	散文
象母怨	沈石溪	臺北市	國語日報社	5月	15×21	161	小說
偉偉找快樂	圖文／黃小河	臺北市	國語日報社	5月	29×21.5		圖畫書
陽陽稀奇古怪的小六日記	楊紅櫻	臺北市	高富國際文化公司	5月	15×19.5	204	故事
沒有鼻子的小狗	孫幼軍	臺北市	民生報社	5月	21.5×17.5	113	童話
黑猩猩的保母——少女珍古德	管家琪	臺北市	文經出版社	5月	15×21	173	傳記
狗狗不哭——黃歡與狗狗的會客室	黃歡等	臺北市	紅色文化	5月	15×21	195	故事
失落的海角樂園	李芙萱	臺北縣	全球華文線上出版聯盟	5月	14.5×20.5	211	小說

書名	作者	出版地	出版社	出版日期	開數	頁數	文類
倪亞達 fun 暑假	文／袁哲生 圖／陳弘耀	臺北市	寶瓶文化事業公司	5月	16.1×20	174	故事
水兵之歌	潘弘輝	臺北市	寶瓶文化事業公司	5月	15×20.8	271	小說
美麗的上海少女——賈梅的校園記事	秦文君	臺北市	九歌出版社	6月	15×21	203	故事
花樣的少女年華——賈梅的酸甜苦辣	秦文君	臺北市	九歌出版社	6月	15×21	212	故事
兒童植物寓言	吳聲淼	臺北市	小魯文化事業公司	6月	15×21	154	寓言
魔法王子	齊東尼	臺南市	企鵝圖書公司	6月	15×21	239	童話
西施	樸月	臺北市	民生報社	6月	15×21	227	小說
爸爸怪獸　怪獸爸爸	彭懿	臺北市	小魯文化事業公司	6月	15×21	91	童話
動物寓言真有趣	李光福	臺北市	小魯文化事業公司	6月	15×21	173	寓言
天堂之歌	詩影	臺北市	驛站文化事業公司	6月	15×21	199	故事
人的寓言	張遠山	臺北市	海鴿文化出版圖書公司	6月	15×21	175	寓言
動物的寓言	張遠山	臺北市	海鴿文化出版圖書公司	6月	15×21	175	寓言
與桑妮在一起的紐約之夏	陳丹燕、陳桑妮	臺北市	民生報社	6月	20×20	114	遊記

書名	作者	出版地	出版社	出版日期	開數	頁數	文類
城市魔法師	文／張秋生 圖／卜京	臺北市	民生報社	6月	21.5×18.3	55	故事
大毛 & COFEE	文／蕭菊貞 圖／江長芳	臺北市	時報文化出版公司	6月	16.6×20	193	小說
庄腳囝仔	林志謙	臺中縣	財團法人台中縣私立普濟社會福利慈善事業基金會	6月	14.9×21	230	傳記
童詩公園	瘦馬	臺南市	翰林出版事業公司	6月	15.1×21.1	206	兒童詩
天堂之歌	詩影	臺北市	驛站文化事業公司	6月	15×21	199	小說
七彩肥皂泡	文／李志偉 圖／徐建國	臺北市	九歌出版社	7月	14.8×21	148	小說
尋找蟋蟀王	文／盧振中 圖／廖俊凱	臺北市	九歌出版社	7月	14.8×21	148	小說
少年鼓王	文／鄭如晴 圖／江正一	臺北市	九歌出版社	7月	14.8×21	148	小說
風與天使的故鄉	文／林佩蓉 圖／王建國	臺北市	九歌出版社	7月	14.8×21	172	小說
動物醫院三十九號	文／李瑾倫 圖／李瑾倫	臺北市	大塊文化出版公司	7月	15×20.1		圖畫書
好小子，喬比	文／杏林子 圖／閒雲野鶴	臺北市	方智出版社	7月	15.5×21.5	90	圖文書
桂花雨	文／琦君 圖／黃淑英	臺北市	格林文化事業公司	7月	20×20	82	小說
小獅子過生日	文／張秋生 圖／卜京	臺北市	民生報社	7月	21.5×18.3	55	故事

書名	作者	出版地	出版社	出版日期	開數	頁數	文類
誰要來種樹	圖文／黃郁欽	臺北市	信誼基金出版社	7月	25.7×23.7		圖畫書
少年阿薩	俞金鳳	臺北市	國語日報社	7月	15×21.1	165	小說
等她二三秒──茵茵的故事	劉碧玲	臺北市	二魚文化事業公司	7月	14.9×21	229	傳記
藍洞外的天空	酷荳	臺北縣	采竹文化事業公司	7月	14.9×21	254	小說
魔法神燈（上）	張旗	臺北市	時報文化出版公司	7月	14.8×21	189	小說
魔法神燈（下）	張旗	臺北市	時報文化出版公司	7月	14.8×21	207	小說
倪亞達 fun 暑假	文／袁哲生 圖／陳弘耀	臺北市	寶瓶文化事業公司	7月	16.5×20	174	故事
在路上遇見貓	文／林嘉莉 攝影／吳毅平	臺北縣	人人出版公司	7月	21×20	119	圖文書
從前從有隻貓頭鷹	圖文／王家珍	臺北市	民生報社	7月	20.2×17.5	131	童話
ㄅㄧㄤˋ ㄅㄧㄤˋ 鼠與呆呆猴	圖文／施玉珮	臺北縣	香海文化事業公司	7月	20×19.8	73	圖文書
記得當時年紀小	席絹	臺北縣	萬盛出版公司	7月	15×21	212	散文
我和老爸是哥們	朱墨	臺北縣	業強出版社	7月	13×21	243	散文
猴死囝子 vol.2 新學期，新希望	ㄚ燈	臺北市	文房文化事業公司	8月	14.9×21	240	小說
奇怪的書──瓶子、小豬、仙人掌和降落傘的故事	圖文／童嘉	臺北市	方智出版社	8月	21.6×20.6	無頁碼	圖畫書

書名	作者	出版地	出版社	出版日期	開數	頁數	文類
魔法600秒	曉君	臺北市	文房文化事業公司	8月	14.8×21	192	小說
台灣囝仔歌謠	康原	臺中市	晨星出版公司	8月	16.8×21.6	無頁碼	兒歌
二年五班，愛貓咪！	文／洪志明 圖／黃雄生	臺北市	小魯文化事業公司	8月	14.8×20.9	175	小說
讀冊囝仔春仔	詩影	臺北市	驛站文化事業公司	8月	15×21	199	小說
陽陽搞東搞西的小六日記	楊紅櫻	臺北市	高富國際文化公司	8月	15×21	187	故事
阿公的紅龜店	文／鄭宗弦 圖／曹俊彥	臺北市	民生報社	8月	12×12	198	散文
我和我的影子	張之路	臺北市	國語日報社	8月	15×21	253	故事
烏龜也上網	張之路	臺北市	民生報社	8月	14.8×21	301	童話
賽加的魔幻世界	邊成忠	臺北市	書僮文化	8月	15×21	302	小說
十七歲的法文課	阿亞梅 Ayamei	臺北市	商周文化事業公司	8月	14.8×21	196	小說
彤彤	圖文／子敏	臺北市	國語日報社	8月	15×21	177	散文
誰能在馬桶上拉小提琴	張文亮	臺北市	國語日報社	8月	15×21	262	故事
雲霄飛車家庭	陳正益	臺北市	九歌出版社	8月	15×21	228	散文
小靴皮皮	文／白丁 圖／郭冠忻	臺北市	民生報社	8月	20.3×17.6	130	童話
大家來說繞口令	文／顏福南 圖／陳俊宏	臺北市	文經出版社	8月	14.9×21	159	兒歌
蘋果小喇嘛	文／甄宴 圖／陳俊華	臺北市	上提文化公司	8月	26×26		圖畫書

書名	作者	出版地	出版社	出版日期	開數	頁數	文類
我是庄腳囝仔	黃志良	高雄市	百盛文化出版公司	8月	14.5×21	194	散文
魔法農莊	林剪雲	高雄市	百盛文化出版公司	8月	14.5×21	226	小說
好蛇塔西斯	姜子安	高雄市	百盛文化出版公司	8月	14.5×21	217	小說
紅赤土之戀	林少雯	高雄市	百盛文化出版公司	8月	14.5×21	168	小說
自然故事花園——課課的紅披風	文／王元容　圖／林傳宗	臺北市	親親文化事業公司	8月	21×20	21	圖畫書
自然故事花園——怪怪皇后	文／王元容　圖／崔麗君	臺北市	親親文化事業公司	8月	21×20	21	圖畫書
自然故事花園——渡海去探險	文／王元容　圖／劉伯樂	臺北市	親親文化事業公司	8月	21×20	21	圖畫書
自然故事花園——草原大合唱	文／王元容　圖／卓昆峰	臺北市	親親文化事業公司	8月	21×20	21	圖畫書
自然故事花園——千千想要吃葡萄	文／王元容　圖／黃淑華	臺北市	親親文化事業公司	8月	21×20	21	圖畫書
自然故事花園——小斑馬找媽媽	文／王元容　圖／林傳宗	臺北市	親親文化事業公司	8月	21×20	21	圖畫書
幫助孩子學習吟唱的歡樂童詩	文／黃淑萍等　圖／金苔美等	臺北市	風車圖書出版公司	8月	22×26	95	童詩
梔子花開	文／朱先敏　圖／郁志宏	臺北市	幼獅文化事業公司	9月	14.9×21	143	散文

書名	作者	出版地	出版社	出版日期	開數	頁數	文類
2300星際大戰	文／蘇明進等著　圖／發哥	臺北市	文經出版社	9月	20×20	83	科幻
我生命中的麥當勞	文／劉思偉　圖／Dodo	臺北市	麥田出版公司	9月	14.9×21	157	散文
早上講的小故事	紀展雄、李觀發	臺北市	麥田出版公司	9月	14.8×20	143	故事
數學偵探故事	李毓佩	臺北縣	稻田出版公司	9月	15×21	281	故事
數學鬥智故事	李毓佩	臺北縣	稻田出版公司	9月	15×21	257	故事
數學童話故事	李毓佩	臺北縣	稻田出版公司	9月	15×21	272	故事
數學探險故事	李毓佩	臺北縣	稻田出版公司	9月	15×21	312	故事
童年往事	李昌民	臺北市	大田出版事業公司	9月	15×21	184	散文
不能丟掉的尾巴	文／張秋生　圖／卜京	臺北市	民生報社	9月	21.5×18.3	52	故事
帶衰老鼠死得快	文／郝廣才　圖／塔塔羅帝	臺北市	格林文化事業公司	9月	15×19.5	103	圖文書
甜橙樹	文／曹文軒　圖／江正一	臺北市	民生報社	9月	14.9×21	275	小說
白柵欄	文／曹文軒　圖／江正一	臺北市	民生報社	9月	14.9×21	237	小說
假如我們變成水	權亨術	臺北市	文房文化出版社	9月	14.9×22	286	小說
中國城的小男孩	文／曲岡英　圖／陳炫繪	臺北縣	小兵出版社	9月	20.5×19.5	155	故事

書名	作者	出版地	出版社	出版日期	開數	頁數	文類
我簡單我快樂	文／潘台成 圖／吳孟芬	臺北市	時報文化出版公司	9月	14.8×20	206	散文
愛玩躲迷藏的孩子	陳廷宇	臺北市	英特發公司	9月	14.8×20.5	201	報導文學
聽，天使在唱歌	主編／郭恩惠 圖／林俐	臺北市	彩虹兒童文化事業公司	9月	20.6×20.6		圖畫書
挖不完的寶藏——又酷又炫的新年代之一	江寶琴	臺北縣	頂淵文化事業公司	9月	15×21	164	故事
南管鼠鼠	文／楊靜雯、張素娟 圖／邱千容		財團法人綠色旅行文教基金會	9月	21×29.8	54	圖畫書
走回從前——十三行人的生活	文／管家琪 圖／邱千容	臺北縣	臺北縣立十三行美術館	10月	17.2×22	83	故事
陶偶家族	文／管家琪 圖／邱千容	臺北縣	臺北縣立十三徛美術館	10月	17.2×22	69	故事
母親	高淑梅	臺北市	福地出版社	10月	14.8×21	254	小說
天地無聲外傳	蘇小歡	臺北市	國語日報社	10月	15×21	318	小說
聖劍・阿飛與我	文／廖炳焜 圖／蔡兆倫	臺北縣	小兵出版社	10月	14.8×21	254	小說
成長的風景	陳幸蕙編	臺北市	幼獅文化事業公司	10月	15×21	318	小說
文建會台灣文學獎得獎作品集		臺北市	行政院文化建設委員會	10月	15×21	437	綜合（含短篇小說、新詩、童話等作品）

書名	作者	出版地	出版社	出版日期	開數	頁數	文類
大榕樹小麵攤	林淑芬	臺南縣	臺南縣文化局	10月	14.5×20.6	262	作品集
命運機器	酷荳	臺北縣	采竹文化事業公司	10月	14.8×21	221	小說
野猴	文／喬傳藻圖／江正一	臺北市	聯經出版事業公司	11月	20×20	171	故事
後山的螢火蟲	文／陳月文、方恩真圖／張光璸	臺北縣	知本家文化事業公司	11月	19.2×26.7		圖畫書
卑南族：神秘的月形石柱	故事採集／林志興圖／陳建年	臺北市	新自然主義公司	11月	21×20	127	神話傳說
小女巫的悄悄話	文圖／西村子	臺北縣	奧林文化事業公司	11月	15×20	109	圖文書
玻璃杯中的眼淚	楊雅靜	臺北縣	文房文化事業公司	11月	14.8×21	238	小說
漫畫大王──手塚治虫的故事	管家琪	臺北縣	文經出版社	11月	14.7×21	159	傳記
老爹的秘密故事	雲七郎	臺北市	福地出版社	11月	14.7×21	192	散文
大頭鬼的青春情事	武維香	臺北市	幼獅文化事業公司	11月	14.9×21	219	散文
伊索寓言伴讀書	丁芷瑤編	臺北縣	華文網公司	11月	15×21	308	寓言
老爹的秘密心事	雲七郎	臺北市	福地出版社	11月	14.8×21	191	散文
3號小行星	火星爺爺	臺北縣	寶瓶文化事業公司	11月	14.7×20.8	223	散文
小乖的世界	東方白	臺北市	草根出版事業公司	11月	12.3×17.5	266	小說

書名	作者	出版地	出版社	出版日期	開數	頁數	文類
叫醒快樂精靈——桃花源魔法學院作品珍藏版1	鍾肇政等	桃園縣	桃園縣文化局	12月	15×21	159	故事
如果天降下——桃花源魔法學院作品珍藏版2	許玲慧等	桃園縣	桃園縣文化局	12月	15×21	159	故事
佟佟的心情故事	何元亨	臺北縣	頂淵文化事業公司	12月	15×21	155	故事
魔法汗衫	文／林少雯 圖／陳維霖	臺北市	文經出版社	12月	14.8×21	207	童話
壞孩子貼紙	文／黃善美 圖／權仕佑	臺北縣	狗狗圖書公司	12月	18.6×23.5	95	故事
沙灘上的小狗	文／張秋生 圖／卜京	臺北市	民生報社	12月	21.6×18.2	53	故事
跳出石縫的小金魚：獻給腦性麻痺兒童的詩集	陳瑱諭	臺北縣	匯知國際事業公司	12月	14×19.8	160	童詩
黑的約會	文／沈思 圖／夏樹一	臺北市	寶瓶文化事業公司	12月	16.6×20		圖畫書
賽夏族：巴斯達隘傳說	故事採集／潘秋榮 圖／賴英澤	臺北市	新自然主義公司	12月	12×20	129	神話傳說
阿美族：巨人阿里嘎咳	馬耀・基朗故事採集	臺北市	新自然主義公司	12月	12×20	131	神話傳說
泰雅族：彩虹橋的審判	故事採集／里慕伊・阿紀 圖／瑁瑁・瑪劭	臺北市	新自然主義公司	12月	12×20	131	神話傳說

書名	作者	出版地	出版社	出版日期	開數	頁數	文類
邵族：日月的長髮精怪	故事採集／簡史朗 圖／陳俊傑	臺北市	新自然主義公司	12月	12×20	129	神話傳說
身價一億的流浪狗	陳資琇	臺北縣	匯知國際事業公司	12月	13.5×19.7	127	故事
超感應事件簿	文／林淑玟 圖／徐建國	臺北縣	小兵出版社	12月	20.5×19.5	177	故事
波瑠邪籍（上）	文銳 Wen Ruey	臺北市	台灣九鼎國際行銷公司	12月	14.7×21	238	小說
波瑠邪籍（下）	文銳 Wen Ruey	臺北市	台灣九鼎國際行銷公司	12月	14.7×22	236	小說

二○○二年兒童文學翻譯書目

書名	作者（譯者）	出版地	出版社	出版日期	開數	頁數	文類	國別
我是流氓狗	麥可・李文著／李璞良譯	臺北市	小知堂文化事業公司	1月	15×21	303	小說	美國
湯姆歷險記	馬克・吐溫著／成維安譯	臺北縣	華文網公司第三出版事業部・崇文館	1月	15×21	336	小說	美國
啊！睡覺的時候最幸福──樹獺睏睏的貪睡之旅	井上著／蔡佳惠譯	臺北市	小魯文化事業公司	1月	1.55×19.5	63	童話	日本

書名	作者（譯者）	出版地	出版社	出版日期	開數	頁數	文類	國別
怪盜二十面相	江戶川亂步著／施聖茹譯	臺北市	品冠文化出版社	1月	15×21	235	小說	日本
少年偵探團	江戶川亂步著／施聖茹譯	臺北市	品冠文化出版社	1月	15×21	209	小說	日本
妖怪博士	江戶川亂步著／施聖茹譯	臺北市	品冠文化出版社	1月	15×21	246	小說	日本
科學怪人	瑪麗・雪萊 Mary Shelley 著／于而彥譯	臺北市	臺灣商務印書館	1月	15×21	254	小說	英國
小氣財神	狄更斯 Charles Dickens 著／顏湘如譯	臺北市	臺灣商務印書館	1月	15×21	107	小說	英國
狼的眼睛	丹尼爾・本納 Daniel Pennac 著／劉美欽譯	臺北市	玉山社出版事業公司	1月	13×19	145	小說	法國
大馬士革之夜	拉菲克・沙米著／陳慧芬譯	臺北市	玉山社出版事業公司	1月	13×19	292	小說	德國
小白馬	依麗莎白・顧姬 Elizabeth Goudge 著／宋瑛堂譯	臺北市	時報文化出版公司	1月	15×21	271	小說	英國
第十二個天使	奧格・曼迪諾 Og Mandino 著／林瑞瑛譯	臺北縣	新格出版公司	1月	15×21	237	小說	美國
風之丘的傳說	村山早紀著／黃瓊仙譯	臺北縣	暢通文化事業公司	1月	15×21	178	童話	日本
即使星星也會寂寞	馬雅・安哲羅 Maya Angelou 著／蔡文傑譯	臺北縣	新雨出版社	1月	15×21	191	散文	美國

書名	作者（譯者）	出版地	出版社	出版日期	開數	頁數	文類	國別
特林吉特的鯨少年（上）	克雷格萊斯禮 Craig Lesley 著／蔡翠芬主編	臺北縣	采竹文化事業公司	1月	15×21	310	小說	美國（轉譯自日本）
特林吉特的鯨少年（下）	克雷格萊斯禮 Craig Lesley 著／蔡翠芬主編	臺北縣	采竹文化事業公司	1月	15×21	287	小說	美國（轉譯自日本）
貓經	喬伊絲・史翠吉爾 Joyce Stranger 等著／徐筱雲譯	臺北縣	新雨出版社	1月	15×21	282	故事	美國
湯姆歷險記	馬克・吐溫 Mark Twain 著／姚一葦譯	臺北縣	正中書局	1月	11×15.3	305	小說	美國
神偷——第一部威尼斯大逃亡	柯奈莉亞・馬克著／劉興華譯	臺北市	允晨文化實業公司	2月	15×21	199	小說	德國
神偷——第二部旋轉木馬	柯奈莉亞・馬克著／劉興華譯	臺北市	允晨文化實業公司	2月	15×21	252	小說	德國
一年級大個子，二年級小個子	古田足日著／彭懿譯	臺北市	小魯文化事業公司	2月	15×21	188	小說	日本
銀河鐵道之夜	宮澤賢治著／滕若榕、郭美惠譯	臺北市	遊目族文化事業公司	2月	15×21	212	童話	日本
小婦人	露薏莎・梅・奧珂特著／顏湘如譯	臺北市	臺灣商務印書館	2月	15×21	287	小說	美國

書名	作者（譯者）	出版地	出版社	出版日期	開數	頁數	文類	國別
地海巫師	娥蘇拉・勒瑰恩 Ursula K. Le Guin 著／蔡美玲譯	臺北縣	共和國文化事業公司	2月	14×20	254	小說	美國
我家住在4006芒果街	珊卓拉・西絲尼羅絲 Sandra Ciseneros 著／Baby Sui（徐千菱）譯	臺北縣	探索出版公司	2月	13×21	153	小說	美國
樹獺該往何處去？	本田・奧古斯特著／李毓昭譯	臺中市	晨星出版公司	2月	15×19	95	寓言	日本
北方的火焰	魯夫・古丁 Rufus Goodwin 著／蔡松益譯	臺北縣	探索出版公司	2月	15×21	57	童話	美國
鯨魚與蝴蝶	紀伯倫 Kahlil Gibran 著／李桂蜜譯	臺北市	格林文化事業公司	2月	20×20	129	寓言	美國
黑色青春日記	傑弗瑞・尤金尼茲著／林明秀譯	臺北市	圓神出版社	2月	15×21	252	小說	美國
波麗安娜	伊蓮娜・波特著／安鈺譯	臺北縣	大慶出版社	2月	15×21	283	小說	美國
另一雙眼睛——窗・道雄詩選	窗・道雄著／米雅譯	臺北市	信誼基金出版社	2月	13×17.5	251	童詩	日本
給兒子的信——一個父親	肯特・尼伯恩 Kent Nerbum	臺北縣	正中書局	2月	15×19	186	散文	美國

書名	作者（譯者）	出版地	出版社	出版日期	開數	頁數	文類	國別
的諄諄教誨	著／于倩、于宇譯							
無尾巷的一家人	伊芙・葛涅特 Eve Garnett 著／吳憶帆譯	臺北市	志文出版社	2月	15×21	318	小說	英國
法蘭達斯的靈犬	薇達 Quida 著／齊霞飛譯	臺北市	志文出版社	2月	15×21	185	小說	英國
紅髮安妮	露西・莫德・蒙哥馬利 Lucy Maud Montgomery 著／蕭逢年譯	臺北市	志文出版社	2月	15×21	266	小說	加拿大
居禮夫人的故事	瑪莉娜・杜里 Eleanor Doorly 著／齊霞飛譯	臺北市	志文出版社	2月	15×21	247	傳說	英國
基度山恩仇記	大仲馬 Alexandre Dumas 著／梁祥美譯	臺北市	志文出版社	2月	15×21	360	小說	法國
星星的眼睛	托佩留斯 Topelius 著／吳憶帆譯	臺北市	志文出版社	2月	15×21	276	童話	芬蘭
我的傻爸爸	趙昌仁著／徐月娟主編	臺北市	文房文化事業公司	2月	15×21	319	小說	韓國
南極的企鵝	高倉健著／陳匯律譯	臺北縣	尖端出版公司	2月	15.5×20	86	散文	日本
湯姆歷險記	馬克・吐溫 Mark Twain 著／鄧秋蓉譯	臺北市	大田出版公司	2月	14.5×19.4	297	小說	美國

書名	作者（譯者）	出版地	出版社	出版日期	開數	頁數	文類	國別
哈克歷險記	馬克‧吐溫 Mark Twain 著／廖勇超譯	臺北市	大田出版公司	2月	14.5×19.4	430	小說	美國
賈蜜拉	欽吉斯‧愛特瑪托夫 Tchinguis Aitmatov 著／鄢定嘉譯	臺北市	小知堂文化事業公司	3月	13×19	126	小說	俄國
布魯克林孤兒	強納森‧列瑟 Jonathan Lethem 著／嚴韻譯	臺北市	天培文化公司	3月	15×21	316	小說	美國
刺蝟拉弟	塞巴斯第安‧呂貝克著／陳慧芬譯	臺北市	玉山社出版事業公司	3月	17×22	173	小說	德國
地海古墓	娥蘇拉‧勒瑰恩 Ursula K. Le Guin 著／蔡美玲譯	臺北縣	共和國文化事業公司	3月	14×20	256	小說	美國
地海彼岸	姚蘇拉‧勒瑰恩 Ursula K. Le Guin 著／蔡美玲譯	臺北縣	共和國文化事業公司	3月	14×20	271	小說	美國
Forever	茱菁‧布倫 Judy Blume 著／朋萱譯	臺北市	幼獅文化事業公司	3月	13×19.5	287	小說	美國
神啊，你在嗎？	茱菁‧布倫 Judy Blume 著／朋萱譯	臺北市	幼獅文化事業公司	3月	13×19.5	226	小說	美國

書名	作者（譯者）	出版地	出版社	出版日期	開數	頁數	文類	國別
親親小貓哈尼邦	史塔頓 Anne Stockton 著／黃于珊譯	臺北縣	探索出版公司	3月	15×21	51	散文	美國
甜甜圈池塘	阿部夏丸著／郭叔娟譯	彰化市	和融出版社	3月	15×21	78	童話	日本
狐狸的電話亭	互田和代著／郭叔娟譯	彰化市	和融出版社	3月	15×21	86	童話	日本
納梭河上的女孩	珍妮芙・賀牡 Jennifer L. Holm 著／趙映雪譯	臺北市	台灣東方出版社	3月	15×21	280	小說	美國
大兔子淘氣的惡作劇	Burkhard Spinnen 著／黃琬鴻譯	臺北市	新苗文化事業公司	3月	15×21	260	小說	德國
野菊之墓	伊藤左千夫著／游綉月譯	臺北縣	新雨出版社	3月	15×21	199	小說	日本
吹笛童子	北村壽夫著／謝家貴譯	臺北縣	大步文化	3月	15×21	295	小說	日本
伊索寓言精編1	伊索著／袁勇譯	臺北縣	大步文化	3月	15×21	244	寓言	希臘
伊索寓言精編2	伊索著／袁勇譯	臺北縣	大步文化	3月	15×21	234	寓言	希臘
海啊，帶我走	湯瑪斯・莫蘭 Thomas Moran 著／史錫蓉譯	臺北市	新苗文化事業公司	3月	15×21	368	小說	美國
帕帕拉吉——小島酋長的城市故事	艾利希・蕭曼 Erich Scheumann 著／杜子譯	臺北市	小知堂文化事業公司	4月	13×19	191	小說	德國

書名	作者（譯者）	出版地	出版社	出版日期	開數	頁數	文類	國別
陷阱與鐘擺	愛倫・坡 Edgar Allan Poe 著／梁永安譯	臺北市	臺灣商務印書館	4月	15×21	156	小說	美國
人間有情天	Kimberly Willis Holt 著／趙永分譯	臺北市	小魯文化事業公司	4月	15×21	179	小說	美國
地球村少年的一天	日本共同通信社著／李琴英呂、佳勳譯	臺北市	台灣先智出版事業公司	4月	15×21	295	報導	日本
小河男孩	Tim Bowler 著／麥倩宜譯	臺北市	小魯文化事業公司	4月	15×21	188	小說	英國
元素——冰火同融	A.S.拜雅特 A.S.Byatt 著／王娟娟譯	臺北縣	探索出版公司	4月	15×21	234	小說	英國
水電號冒險記	椎名誠著／王淑華譯	臺北市	玉山社出版事業公司	4月	13×19	154	故事	日本
魔女露露：極光的城堡	村山早紀著／黃瓊仙譯	臺北縣	暢通文化事業公司	4月	15×21	197	童話	日本
火花放電一位科學頑童的生活記趣	Seymour Simon 著／譯洪善鈴	臺北市	豐德科學教育事業公司	4月	15×21	157	故事	美國
車燈下起舞	金伯莉・威利斯・霍特著／鄒嘉容譯	臺北市	台灣東方出版社	4月	15×21	266	小說	美國
尋找魯賓遜	高橋大輔著／陳寶蓮、黃美娟譯	臺北市	馬可孛羅文化	4月	15×21	243	散文	日本

書名	作者（譯者）	出版地	出版社	出版日期	開數	頁數	文類	國別
動物家庭	藍道・傑瑞著／吳玉玫譯	臺北市	巨河文化公司	4月	15×21	177	小說	美國
波普先生的企鵝	里察・愛特瓦特；佛羅倫斯・愛特瓦特著／安律麒譯	臺北市	巨河文化公司	4月	15×21	187	小說	美國
少女翠兒的憂鬱之旅	Tracy Thompson 著／周昌葉譯	臺北市	財團法人董氏基金會	4月	15×21	349	小說	美國
天才繼父	諾拉・麥克林透克 Norah McClintock 著／史錫蓉譯	臺北市	新苗文化事業公司	4月	15×21	220	小說	美國
幸福的洋蔥	川野陽子著／鄭明德譯	臺北市	新迪文化公司	4月	14.8×21.1	123	散文	日本
做我的朋友，好嗎？	莉特莎・鮑達莉加 Lisa Boudalika、阿克朗・夏邦 Mervet Akram Sha'ban 著／謬靜玫譯	臺北市	新苗文化事業公司	4月	14.8×21	155	報導	以色列
普希金童話	普希金著／谷羽譯	臺北市	小知堂文化事業公司	5月	12×18	143	童話	俄國
黑暗中的小星星	瑪汀・勒寇茲 Martine Le Coz 著／李桂蜜譯	臺北縣	布波族	5月	15×21	186	小說	法國

書名	作者（譯者）	出版地	出版社	出版日期	開數	頁數	文類	國別
馬蒂斯故事	A.S. 拜雅特（A. S. Byatt）著／王娟娟譯	臺北縣	凌域國際公司	5月	15×21	185	小說	英國
巴黎餐盤在跳舞	押田洋子著／郭清華譯	臺北市	皇冠文化出版公司	5月	16.5×21.5	125	散文	日本
安那的16年奇異歲月	Annal Michener 著／盧娜譯	臺北市	新苗文化事業公司	5月	15×21	335	小說	美國
時間的魔法	村山早紀著／黃瓊仙譯	臺北縣	暢通文化事業公司	5月	15×21	184	童話	日本
天下第一貓	克里夫蘭・艾莫利 Cleveland Amory 著／曾秀鈴譯	臺北市	皇冠文化出版公司	5月	15×21	236	散文	美國
創造奇蹟的孩子	克絲蒂・墨瑞 Kirsty Murray 著／陳宗琛譯	臺中市	晨星出版公司	5月	15×21	270	故事	澳洲
黃金羅盤（上）（下）	菲力普・普曼 Philip Pullman 著／王晶譯	臺北縣	共和國文化事業公司	5月	13.7×20	485	小說	英國
輕輕公主	George Mcdonald 著／羅婷以譯	臺北縣	正中書局	5月	10×14.5	195	童話	英國
黑暗中的小星星	瑪汀・勒寇茲 Martine Le Coz 著／李桂蜜譯	臺北縣	探索出版公司	5月	14.6×21	186	小說	法國

書名	作者（譯者）	出版地	出版社	出版日期	開數	頁數	文類	國別
愛麗絲夢遊仙境	路易斯・卡羅 Lewis Carroll 著／朱衣譯	臺北市	愛麗絲書房	5月	14.9×19.2	219	童話	英國
恐怖的鐵塔王國	江戶川亂步著／施聖茹譯	臺北市	品冠文化出版社	5月	15×21	190	小說	日本
俄羅斯民間童話	阿・托爾斯泰著／任溶溶譯	臺北市	小知堂文化事業公司	5月	12×18	287	童話	俄國
給女兒的禮物	草野仁著／張掌珠譯	臺北市	健行文化出版事業公司	6月	13×20.5	192	散文	日本
白狗華爾滋	泰瑞・凱著／李璞良譯	臺北市	小知堂文化事業公司	6月	15×21	270	小說	美國
檸檬的滋味	吳爾芙 V. E. Wolff 著／陳佳琳譯	臺北市	玉山社出版事業公司	6月	13×19	279	小說	美國
折翼女孩不流淚	Alice Sebold 著／繆靜玫譯	臺北市	新苗文化事業公司	6月	14.9×21	367	小說	美國
風中的少女	村山早紀著／黃瓊仙譯	臺北縣	暢通文化事業公司	6月	15.5×21.5	199	童話	日本
臭臉	Karen-Susan Fessel 著／高璇譯	臺北市	新苗文化事業公司	6月	14.8×21	225	小說	德國
納尼亞魔法王國——魔法師的外甥	C. S. 路易斯 C. S. Lewis 著／彭倩文譯	臺北市	大田出版公司	6月	15×21	215	小說	英國
納尼亞魔法王國——獅子・女巫・魔衣櫥	C. S. 路易斯 C. S. Lewis 著／彭倩文譯	臺北市	大田出版公司	6月	15×21	193	小說	英國

書名	作者（譯者）	出版地	出版社	出版日期	開數	頁數	文類	國別
阿莫的卡布其諾年代	蘇·唐珊 Sue Townsend 著／廖瑞雯譯	臺北縣	探索出版公司	6月	15×21	338	小說	英國
複製化身	Pat Moon 著／侯秋玲譯	臺北市	允晨文化實業公司	6月	14.8×20.9	205	小說	英國
告別古堡	彼得·洪可夫 Peter Ruhmkorf 著／劉興華譯	臺北市	允晨文化實業公司	6月	14.8×20.9	148	童話	德國
挨鞭童	席德·弗雷希門 Sid Fleischman 著／吳榮惠譯	臺北市	台灣東方出版社	6月	15.3×21.6	153	小說	美國
夏日天鵝	貝茲·拜阿爾斯 Belsy Byars 著／鄒嘉容譯	臺北市	台灣東方出版社	6月	15.3×21.6	153	小說	美國
流浪狗太郎的故事	遠藤初江 Hatsue Endo 著／張秋明譯	臺北市	奧林文化事業公司	6月	13×18.6	228	小說	日本
貓語錄	多麗斯·萊辛 Doris Lessing 著／彭倩文譯	臺北市	時報文化出版公司	6月	12.9×19	61	小說	英國
狒狒王	安東·昆塔納 Anton Quintana 著／海星譯	臺北市	台灣東方出版社	6月	15.3×21.6	268	小說	荷蘭
奧祕匕首（上）	菲力普·普曼 Philip Pullman 著／王晶譯	臺北縣	共和國文化事業公司	6月	14×20	214	小說	英國

書名	作者（譯者）	出版地	出版社	出版日期	開數	頁數	文類	國別
奧祕匕首（下）	菲力普・普曼 Philip Pullman 著／王晶譯	臺北縣	共和國文化事業公司	6月	14×20	195	小說	英國
灰色巨人	江戶川亂步著／施聖茹譯	臺北市	品冠文化出版社	6月	15×21	186	小說	日本
世界曾經是樂園	古川千勝著／李毓昭譯	臺中市	晨星出版公司	6月	15×19.3	92	散文	日本
夏日溫柔的故事	花井愛子著／鄭清清譯	臺北縣	新雨出版社	6月	16×21.6	243	小說	日本
心聲——何時才是我高飛的日子	青木和雄著／洪韶翎譯	臺北縣	稻田出版公司	6月	15×21	259	小說	日本
魔法王子——海洋歷險傳奇	齊東尼 Tony Cei	臺南市	企鵝圖書公司	6月	15×21	239	小說	香港
魔法王子——貓都市傳奇	齊東尼 Tony Cei	臺南市	企鵝圖書公司	6月	15×21	253	小說	香港
男人與男孩	東尼・帕森斯 Tony Parsons 著／陳亮希譯	臺北市	城邦文化事業公司	6月	15×21	368	小說	英國
超越障礙	青本和雄著／張志恆譯	臺北縣	稻田出版公司	6月	15×21	227	小說	日本
燃燒勇氣的天使	芭芭拉・路薏斯 Barbara A. 著／黃珞文譯	臺北市	新迪文化公司	6月	14.9×21	223	傳記	美國
格列佛遊記	約拿單・史威福特 Jonathan Swift 著／章招然譯	臺北縣	角色文化事業公司	6月	15×21	223	小說	愛爾蘭

書名	作者（譯者）	出版地	出版社	出版日期	開數	頁數	文類	國別
炸醬麵	安度昡 Ah, Do-Hyun 著／林文玉譯	臺中市	晨星出版公司	7月	14.7×18.9	136	小說	韓國
天堂之星	但以理‧加爾密 Daniella Carmi 著／張子樟譯	臺北市	台灣東方出版社	7月	15.3×21.6	232	小說	以色列
大家都在戀愛的夏天	瑪麗亞蕾‧蘭可 Marjaleena Lembcke 著／周從郁譯	臺北市	玉山社出版事業公司	7月	13×19	155	小說	芬蘭
怪胎喬吉娜	Rosie Rushton 著／陳詩紘譯	臺北市	新苗文化事業公司	7月	14.8×21	224	小說	英國
怪奇馬戲團	向達倫 Darren Shan 著／荷西譯	臺北市	皇冠文化出版公司	7月	15×19.8	252	小說	英國
波哈納貝之石頭裡的神祕客	波哈納貝 Bernhard Knade 著／管中斯譯	臺北市	方智出版社	7月	14.8×21	178	小說	德國
新月黑熊	椋鳩十 Hatoju Muku 著／鄭惠如譯	臺北市	天衛文化圖書公司	7月	14.9×20.9	221	小說	日本
獨耳大鹿	椋鳩十 Hatoju Muku 著／王文彬譯	臺北市	天衛文化圖書公司	7月	14.9×20.9	206	小說	日本
大鼻妹的青春日記	露薏絲‧何尼森 Louise Rennison 著／蔡靜如譯	臺北市	小知堂文化事業公司	7月	14.5×21	255	小說	法國

書名	作者（譯者）	出版地	出版社	出版日期	開數	頁數	文類	國別
大猩猩孤兒學校	岡安直比著／張東君譯	臺北市	皇冠文化出版公司	7月	15×20.7	222	故事	日本
飲水噴泉的祕密	凱特・克利斯 Kate Klise 著／袁述芬譯	臺北市	巨河文化公司	7月	15.5×21.5	140	小說	美國
紅色的魔杖	村山早紀 Saki Murayama 著／黃瓊仙譯	臺北縣	暢通文化事業公司	7月	15.5×21.5	216	小說	日本
琥珀望遠鏡（上）	菲力普・普曼 Philip Pullman 著／王晶譯	臺北縣	共和國文化事業公司	7月	14×20	304	小說	英國
琥珀望遠鏡（下）	菲力普・普曼 Philip Pullman 著／王晶譯	臺北縣	共和國文化事業公司	7月	14×20	286	小說	英國
風兒吹我心	丘修三 Shuzo Oka 著／林宜和譯	臺北市	國語日報社	7月	15×21	214	故事	日本
到海邊去吧！	原京子 Kyoko Hara 著／鄭淑華譯	臺北市	小魯文化事業公司	7月	15.4×19.8	64	圖畫書	日本
揹弟弟上學的小孩	廉在萬	臺北市	福地出版社	7月	14.8×21	205	故事	韓國
紅色魔墜	伊・拿思必特 E. Nesbit 著／朱文穎譯	臺北縣	探索出版公司	7月	14.9×21	269	小說	英國
沙精魔法	伊・拿思必特 E.Nesbit 著／朱文穎譯	臺北縣	探索出版公司	7月	14.9×21	253	小說	英國

書名	作者（譯者）	出版地	出版社	出版日期	開數	頁數	文類	國別
愛上女管家	克利司提昂・歐斯戴 Christian Oster 著／李桂蜜譯	臺北市	探索出版公司	7月	14.8×21	248	小說	法國
兩隻大鵰	椋鳩十 HatojuMuku 著／夏儉譯	臺北市	小魯文化事業公司	8月	14.9×21	201	小說	日本
貓頭鷹恩仇錄	Alan Garner 著／蔡宜容譯	臺北市	小魯文化事業公司	8月	14.8×21	267	小說	英國
山楂樹下	瑪莉塔・麥肯納 Marita Conlon-Mckenna 著／區國強譯	臺北市	台灣東方出版社	8月	15.2×21.5	191	小說	愛爾蘭
紅色的外套	船越準藏著／楊守全譯	臺北市	文經出版社	8月	14.8×21	191	小說	日本
洞穴畫家	艾里西・巴林格 Erich Balinger 著／林敏雅譯	臺北市	玉山社出版事業公司	8月	13×19	287	小說	奧地利
柳林中的風聲	肯尼思・葛拉罕 Kenneth Grahame 著／夏荷立譯	臺北市	方智出版社	8月	14.9×21	245	小說	英國
三隻發現星星的貓	尤各・黎特 JorgRitter 著／呂永馨譯	臺北市	小知堂文化事業公司	8月	14.6×21.1	223	小說	德國
鬼靈精一族	伊・拿思必特 E. Nesbit 著／張家玲譯	臺北縣	探索出版公司	8月	14.6×21	272	小說	英國

書名	作者（譯者）	出版地	出版社	出版日期	開數	頁數	文類	國別
湯姆的水世界	察爾司·津司禮 Charies Kingsley 著／陳嘉信譯	臺北縣	探索出版公司	8月	14.9×21	250	小說	英國
想念五月	辛西亞·賴藍特 Cynthia Rylant 著／周惠玲譯	臺北市	台灣東方出版社	8月	15.3×21.6	161	小說	美國
我不是兇手	法蘭絲·杜威爾 Frances Dowell 著／鄭清榮譯	臺北市	台灣東方出版社	8月	15.3×21.6	213	小說	美國
法提拉與偷帽賊	柯奈莉亞·馮克 Cornelia Funke 著／劉興華譯	臺北市	允晨文化實業公司	8月	15×21	225	小說	德國
矮猴兄弟	椋鳩十 Hatoju Muku 著／葉又峰譯	臺北市	天衛文化圖書公司	8月	14.9×20.9	189	小說	日本
木偶奇遇記	卡洛·柯洛狄 Carlo Collodi 著／任溶溶譯	臺北市	天衛文化圖書公司	8月	15×21	255	小說	義大利
INSTALL 未成年載入	棉矢いさわたゃいさ著／陳惠莉譯	臺北市	尖端出版公司	8月	13.8×18.8	123	小說	日本
鐵巨人	泰德·休斯 Ted Hughes 著／素蘭譯	臺北市	方智出版社	8月	14.8×21.1	141	小說	英國

書名	作者 （譯者）	出版地	出版社	出版 日期	開數	頁數	文類	國別
吃草的小孩	安德烈亞斯・文茲克 Andreas Venzke 著／周郁文譯	臺北縣	暢通文化事業公司	8月	15.5×21.6	158	小說	德國
巴爾幹民間童話	和志寬、徐永平譯	臺北市	小知堂文化事業公司	8月	12×18.1	303	童話	巴爾幹
鮭魚	安度眩 Ah, Do-Hyun 著／林文玉譯	臺北市	晨星出版公司	8月	15×18.9	137	小說	韓國
愛麗絲夢遊仙境	路易斯・凱洛 Lewis Carroll 著／李漢昭譯	臺北市	晨星出版公司	8月	14.4×21.3	165	童話	英國
回家	金正賢	臺北市	福地出版社	8月	15×21	283	小說	韓國
微風後旳快樂島	詹姆士・克魯斯著／林紹華譯	臺北市	巨河文化公司	8月	15.5×21.5	280	小說	德國
為什麼孩子要上學	大江健三郎著／陳保朱譯	臺北市	時報出版文化事業公司	8月	13.5×21	200	散文	日本
飛天鹿喔拉夫	福克爾・克里格爾 Voker Kriegel 著／賴雅靜譯	臺北市	皇冠文化出版公司	8月	15.7×21.7	45	圖文書	德國
我、凱撒、一隻到處旅行的貓	安娜・瑪莉・依僾 Anna Marie Ihlau 著／張志成譯	臺北縣	左岸文化事業公司	8月	15×21	126	散文	瑞典
木偶奇遇記	卡洛・柯洛狄著／任溶溶譯	臺北市	天衛文化圖書公司	8月	15×21	255	小說	義大利

書名	作者（譯者）	出版地	出版社	出版日期	開數	頁數	文類	國別
鶴妻──日本童話集	紫石作坊編著	臺北市	城邦文化事業公司	8月	17×17	137	童話	日本
波提拉與偷帽賊	柯奈莉亞・馮克 Cornelia Funke 著／劉興華譯	臺北市	允晨文化事業公司	8月	15×21	225	小說	德國
金鑰匙	喬治・麥克唐納 George McDonald 著／陳莉苓譯	臺北縣	正中書局	8月	11×15.3	223	小說	英國
學徒	比拉兒・羅倫蒂 Pilar Molina Llorente 著／王潔譯	臺北市	台灣東方出版社	9月	15.2×21.5	171	小說	西班牙
彼得的白日夢	伊恩・麥克依溫 Ian McEwan 著／胡依嘉譯	臺北市	小知堂文化事業公司	9月	14.6×21	207	小說	英國
哥哥在我身邊	艾倫・艾柏格 Allen Ahlberg 著／王幼慈譯	臺北市	小知堂文化事業公司	9月	12.5×18.8	108	小說	英國
山大王	椋鳩十 Hatoju Muku 著／周姚萍譯	臺北市	天衛文化圖書公司	9月	15×21	203	小說	日本
毛毛與阿茜	椋鳩十 Hatoju Muku 著／李義權譯	臺北市	天衛文化圖書公司	9月	15×21	238	小說	日本
太愛火柴的女孩	賈約丹・蘇希 Gaetan Soucy 著／邱瑞鑾譯	臺北市	皇冠出版社	9月	15×20.8	191	小說	加拿大

書名	作者（譯者）	出版地	出版社	出版日期	開數	頁數	文類	國別
黃金豹	江戶川亂步著／施聖甫譯	臺北市	品冠文化出版社	9月	15.5×21.5	184	小說	日本
女醫師與小病人	Henry Denker著／謬靜玫譯	臺北市	新苗文化事業公司	9月	14.8×21	399	小說	美國
我眼中的漢娜	Renate Gunzel-Horatz 著／張傑譯	臺北市	新苗文化事業公司	9月	14.8×21	241	小說	美國
地海孤雛	娥蘇拉・勒瑰恩 Ursula K. Le Guin 著／段宗忱譯	臺北縣	謬思出版公司	9月	14.1×20.1	297	小說	美國
橋下人家	娜塔莉・卡森 Natalie Savage Carlson 著／陳小奇譯	臺北市	台灣東方出版社	9月	15.5×21.5	156	小說	美國
納尼亞魔法王國——奇幻馬和傳說	C. S. 路易斯 C. S. Lewis 著／彭倩文譯	臺北市	大田出版公司	9月	15×21	217	小說	英國
帥狗杜明尼克	威廉・史代格 William Steig 著／趙永芬譯	臺北市	小魯文化事業公司	9月	15×21	169	小說	美國
環遊世界八十天	朱勒・凡爾納 Jules Veme 著／顏湘如譯	臺北市	臺灣商務印書館	9月	15×21	296	小說	法國
頑皮新老爹	山中恆 Hisashi Yamanaka 著／林宜和譯	臺北市	國語日報社	9月	15×21	299	小說	日本
魔法師的學徒（上）	雷蒙・費斯特 Raymond E.	臺北市	高富國際文化公司	9月	14.9×20.9	299	小說	美國

書名	作者（譯者）	出版地	出版社	出版日期	開數	頁數	文類	國別
	Feist 著／許文達譯							
魔法師的學徒（下）	雷蒙・費斯特著／許文達譯	臺北市	高富國際文化公司	9月	14.9×20.9	314-552	小說	美國
不會飛的小燕鷗	布魯克・紐曼著／洪翠娥譯	臺北市	皇冠文化出版公司	9月	14×18.5	95	童話	美國
魔鬼的故事	娜塔麗・巴比特著／楊茂秀譯	臺北市	財團法人毛毛蟲兒童哲學基金會	9月	13×19	110	故事	美國
愛那隻狗	莎朗・克里奇著／米雅譯	臺北市	巨河文化公司	9月	15×21.5	87	童詩	美國
時報廣場的蟋蟀	喬治・賽爾登著／鄒嘉容譯	臺北市	台灣東方出版社	10月	15.5×21.5	226	小說	美國
鬼不理的助手	向達倫著／荷西譯	臺北市	皇冠文化出版公司	10月	15×20.8	251	小說	英國
栗樹街的回憶	丹尼洛・契斯著／張明玲譯	臺北市	小知堂文化事業公司	10月	14.6×21.1	184	散文	南斯拉夫
噢格林先生忘了說	史蒂芬・密契爾著／皓然譯	臺北市	高富國際文化公司	10月	15×19.5	190	童話	美國
奇妙的變身之旅	丹尼爾貝納著／李淑寧譯	臺北市	圓神出版社	10月	14.8×21	275	小說	法國
地海故事集	姚蘇拉・勒瑰恩著／段宗忱譯	臺北市	謬思出版公司	10月	14×20	335	小說	美國
悲慘的開始	雷蒙尼・史尼奇著／周思芸、江坤山譯	臺北市	遠見天下文化出版公司	10月	14.8×20.5	184	小說	美國

書名	作者（譯者）	出版地	出版社	出版日期	開數	頁數	文類	國別
恰派克的秘密花園	卡雷爾・恰派克著／耿一偉譯	臺北市	麥田出版公司	10月	14.8×19.2	233	散文	捷克
紅番公主	Marie Lawson著／文漢譯	臺北市	世界書局	10月	15×21	108	故事	英國
菩提樹	Maria Augusta Trapp 著／張心漪譯	臺北市	世界書局	10月	15×21	147	故事	奧地利
小天使溫妮	珍娜・李・凱瑞著／蔡倩如譯	臺北市	晨星出版公司	10月	14.8×19	236	故事	美國
西方魔女之死	梨木香步著／葉韋利譯	臺北縣	尖端出版公司	10月	10×13.5	238	故事	日本
我想活到100歲	博格納著／黃亞琴、敬東譯	臺北市	新苗文化事業公司	10月	14.8×21	292	傳記	德國
灰姑娘逃婚記	瑪格麗・特彼得森・哈迪克絲著／張嘉惠譯	臺北市	旗品文化出版社	10月	15.5×20.3	213	童話	美國
愛上我的動物朋友	畑正憲著／施雯黛譯	臺北市	聯經出版事業公司	10月	14.8×21	287	散文	日本
小氣財神	查爾斯・狄更斯著／辛一立譯	臺中市	晨星出版公司	10月	14×20.2	149	小說	英國
貓的美麗與哀愁記事	萊・魯特里奇著／子文譯	臺北縣	新雨出版社	10月	15×21	235	散文	美國
大鼻妹的戀愛日記	露薏絲・何尼森著／蔡靜如譯	臺北市	小知堂文化事業公司	11月	14.8×21	287	小說	英國

書名	作者（譯者）	出版地	出版社	出版日期	開數	頁數	文類	國別
禮拜五	米歇爾・圖尼埃著／王道乾譯	臺北市	皇冠文化出版公司	11月	15×21	255	小說	法國
納尼亞魔法王國──賈思潘	C. S. 路易斯著／張琰譯	臺北市	大田出版公司	11月	15×21	208	小說	英國
山居歲月	珍・克雷賀德・喬治著／傅蓓蒂譯	臺北市	台灣東方出版社	11月	15.5×21.5	263	小說	美國
強盜與我	約瑟夫・雷盧布著／周從郁譯	臺北市	台灣東方出版社	11月	15.5×21.5	308	小說	捷克
冰兒	Gwyn Hyman Rubio 著／陳詩紘譯	臺北市	新苗文化事業公司	11月	14.8×21	413	小說	美國
跳舞的鱷魚	德維慈著／陳文美譯	臺北市	格林文化事業公司	11月	16.7×24.7		圖文書	荷蘭
小木偶	文／柯洛帝圖／羅伯英潘譯／郭菀玲	臺北市	格林文化事業公司	11月	21.5×29.6	135	圖文書	義大利
小魔怪黏巴達	文／山德斯圖／藍史密斯譯／黃筱茵	臺北市	格林文化事業公司	11月	14.5×24.1	84	圖文書	美國
嘰咕的招待	文／羅迪・道爾圖／布萊恩・阿哈譯／胡洲賢	臺北市	麥田出版公司	11月	15.6×23.6	111	圖文書	愛爾蘭
游俠兒救了聖誕節	文／羅迪・道爾圖／布萊	臺北市	麥田出版公司	11月	15.6×23.6	159	圖文書	愛爾蘭

書名	作者（譯者）	出版地	出版社	出版日期	開數	頁數	文類	國別
	恩・阿哈圖 Brian Ajhar 譯／胡洲賢							
聖誕老婆婆	文／東野圭吾 圖／杉田比呂美 譯／陳惠莉	臺北縣	尖端出版公司	11月	13.4×19	69	圖文書	日本
鳥澡盆與紙鶴	莎朗・藍達著／陳宗琛譯	臺北市	晨星出版公司	1月	14.7×19	261	散文	美國
惡搞版哈力波特	麥克・格伯著／劉稼禹譯	臺北市	奇幻基地出版	11月	14.8×21	243	小說	美國
青鳥	莫李斯・梅特林克著／肖俊風譯	臺中市	晨星出版公司	11月	14×20.2	183	小說	比利時
外公是棵櫻桃樹	安琪拉・那涅第著／徐潔譯	臺北市	玉山社出版事業公司	11月	13×19	174	小說	德國
叱吒狗職場	梅莉・薇斯柏金・卡若芙著／蕭妃君譯	臺北市	皇冠文化出版公司	11月	15×20.9	268	散文	加拿大
憨囝仔吔出頭天	松下啟志著／陳雅琪譯	臺北縣	種籽文化事業公司	11月	14.8×21	204	散文	日本
魔人銅鑼	江戶川亂步著／施聖茹譯	臺北市	品冠文化出版社	11月	15.5×21.5	184	小說	日本
山居歲月	珍・克雷賀德・喬治著／傅蓓蒂譯	臺北市	台灣東方出版社	11月	15.5×21.5	263	小說	美國
可怕的爬蟲屋	雷蒙尼・史尼奇著／江坤山譯	臺北市	天下遠見出版公司	11月	15×20.5	228	小說	美國

書名	作者（譯者）	出版地	出版社	出版日期	開數	頁數	文類	國別
再見了，可魯——導盲犬可魯的故事	石黑謙吾著／林芳兒譯	臺北市	台灣國際角川公司	11月	15×21	150	小說	日本
納尼亞魔法王國——銀椅	C. S. 路易斯著／張琰譯	臺北市	大田出版公司	11月	15×21	217	小說	英國
納尼亞魔法王國——最後的戰役	C. S. 路易斯著／張琰譯	臺北市	大田出版公司	11月	15×21	182	小說	英國
我是乳酪	羅伯・柯米爾著／麥倩宜譯	臺北市	小魯文化事業公司	12月	14.8×20.9	231	小說	美國
我的小丑爸爸	米榭爾・坎著／林長杰譯	臺北市	皇冠文化出版公司	12月	15×21	85	故事	法國
格林童話的智慧人生	格林兄弟著／代紅譯	臺北縣	大步文化	12月	14.5×20.5	188	童話	德國
別讓她哭泣	德蕾莎・阿佐巴蒂著／鄭錦芳譯	臺北市	小知堂文化事業公司	12月	14.6×21	379	小說	英國
一隻世故的法國貓	伊夫・納瓦爾著／林美珠譯	臺北市	圓神出版社	12月	14.8×21	234	小說	法國
吞鑰匙的男孩	傑克・甘圓斯 Jack Gantos 著／陳淑智譯	臺北市	台灣東方出版社	12月	15.5×21.5	243	小說	美國
記憶傳授人	露薏絲・勞瑞著／李黨譯	臺北市	台灣東方出版社	12月	15.5×21.5	276	小說	美國
波提拉與偷帽賊	C.S.路易斯著／林靜華譯	臺北市	大田出版公司	12月	15×21	217	小說	英國
獨眼貓	Paula Fox 著／陳詩紘譯	臺北市	新苗文化事業公司	12月	15×21	246	小說	美國

書名	作者（譯者）	出版地	出版社	出版日期	開數	頁數	文類	國別
舞奴	Paula Fox 著／陳詩紘譯	臺北市	新苗文化事業公司	12月	15×21	211	小說	美國
魔法學校	黛博拉・道耶爾、詹姆士、麥當諾著／麥倩宜譯	臺北市	唐莊文化事業公司	12月	15×21	203	小說	美國
香菜先生	卡希・阿貝德・卡迪爾著／陳慧芬譯	臺北市	玉山社出版事業公司	12月	13×19	184	小說	德國
孤島的野犬	椋鳩十著／嶺月譯	臺北市	國語日報社	12月	15×21	258	小說	日本
野雞女孩 I 神秘黑鑰匙	柯奈利亞・馮克著／程顯灝譯	臺北縣	旗林文化出版社	12月	16×21.5	220	小說	德國
我的肚子變白的原因	熊田勇著／何榮發譯	彰化市	和融出版社	12月	15×21	77	圖文書	日本
天使也哭泣——女學生之死	Tom Moore 著／羅昱譯	臺北市	新苗文化事業公司	12月	15×21	337	小說	加拿大
地下血道	向達倫著／荷西譯	臺北市	皇冠文化出版公司	12月	15×21	234	小說	英國
愛我就說汪	露易絲・柏尼克著／張慧倩譯	臺北市	皇冠文化出版公司	12月	15×20.8	207	小說	美國
孩子的動物朋友	蓋兒・梅爾森 Gail E. Melson 著／范昱峰、梁秀鴻譯	臺北市	時報文化出版公司	12月	14.8×21	309	科學人文	美國

書名	作者（譯者）	出版地	出版社	出版日期	開數	頁數	文類	國別
地海奇風	姚蘇拉・勒瑰恩 Ursula K. Le Guin 著／段宗忱譯	臺北縣	謬思出版公司	12月	13.8×20	272	小說	美國
孤島的野犬	椋鳩十 Hatoju Muku 著／嶺月譯	臺北市	國語日報社	12月	15×21	258	小說	日本

二〇〇三年臺灣兒童文學年度書目

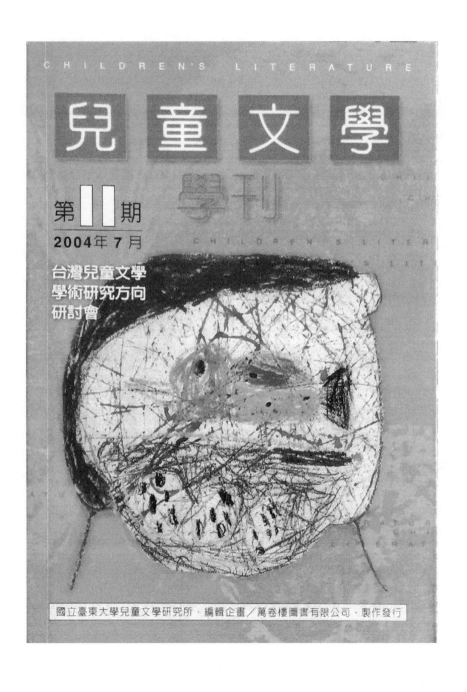

　　二○○三年臺灣兒童文學的發展依舊熱絡，許多年度盛會依然如期展開，而民間與政府機關亦有許多獨特的活動計畫，為二○○三年的兒童文學界增添不少繽紛的色彩。

　　政府機關方面：行政院新聞局「中小學生優良課外讀物推介」活動一年將改為二次……。

　　校園方面：以兒童文學為發展重點的臺東師範學院改制為臺東大學，臺北市龍安國小將已劃下句點的中華兒童叢書收集整理展出。

　　民間方面：《哈利波特》與幾米仍是大贏家，低齡寫作風潮於今年發酵，明星創作童書繪本及作家童年繪本為今年出版一項特色，「漫畫故事特展」展出老中青三代漫畫作家作品，呈現臺灣漫畫發展縮影……。

　　年度活動包括「臺東大學兒童文學獎」、二年一度的「國語日報兒童文學牧笛獎」、「二○○三文建會兒歌一百徵選活動」、「信誼幼兒文學獎」、「《聯合報》〈讀書人〉最佳童書」、「《中國時報》〈開卷〉最佳青少年圖書、童書」等等，對兒童文學發展而言，均具有指標性意義。

　　兒童文學年度書目的彙整，依「創作」、「翻譯」、「論述」三大類：

二○○三年兒童文學創作書目

書名	作者	繪者	出版地	出版社	出版日期	開數	頁數
魔法雙眼皮	黃秋芳	徐建國	臺北市	九歌出版社	1月	14.9×21	159
寒冬中的報歲蘭	陳沛慈	王建國	臺北市	九歌出版社	1月	14.9×21	162
創意神豬	呂紹澄	江正一	臺北市	九歌出版社	1月	14.9×21	147
下課鐘響	羅世孝	那培玄	臺北市	九歌出版社	1月	14.9×21	160

書名	作者	繪者	出版地	出版社	出版日期	開數	頁數
我就是這樣！	辛佳慧		臺北市	小魯文化事業出版公司	1月	14.8×21	189
好好照顧我的花	郝廣才	吉恩盧卡	臺北市	格林文化事業公司	1月	19×21.7	
兵馬俑不見了	鄭明進等著	發哥	臺北市	文經出版社	1月	20.5×20.8	83
臺灣巨砲——陳金鋒	瘦菊子		臺北市	文經出版社	1月	14.9×21	157
童年往事	陳龍明		臺北縣	福地出版	1月	14.7×20.9	240
雲端裡的琴聲	林滿秋		臺北市	小魯文化事業公司	1月	14.9×20.9	236
頑童歷險記	丫燈		臺北市	文房出版社	1月	14.7×20.9	240
臺灣原住民的神話與傳說（叢書共十冊）	亞榮隆·薩可努等故事採集	見維巴里等	臺北市	新自然主義公司	1月	21×20	131
最後一頭戰象	金曾豪編		臺北市	民生報社	1月	20×20	162
奇猴	金曾豪編		臺北市	民生報社	1月	20×20	162
道具馬	金曾豪編		臺北市	民生報社	1月	20×20	158
我是一隻狐狸狗	林良		臺北市	國語日報社	1月	15×21	398
爸爸 FUN 暑假	李光福	吳開乾	臺北市	小兵出版社	1月	20.7×19.7	154
機車少奶奶	庫庫二凸		臺北市	風杏子企業公司	1月	15×21	207
牛犁歌	蘇振明	蘇楊	臺北市	林氏圖書	1月	22×26.8	39
我們都是小飛俠	胡德成	呂靜雯	臺北市	皇冠文化出版公司	2月	15×18.5	157

書名	作者	繪者	出版地	出版社	出版日期	開數	頁數
情緒獸 EMO	李亞	李亞	臺北市	一方出版公司	2月	14.9×19	118
鞦韆上的童年	蔡慧均		臺北縣	文房文化事業公司	2月	15×21	208
海洋之書	張嘉驊	謝祖華	臺北市	幼獅文化事業公司	2月	15×21	223
古拉找開心	游乾桂	LULU	臺北市	上提文化公司	2月	20.5×21	59
古拉說愛你	游乾桂	LULU	臺北市	上提文化公司	2月	20.5×21	59
魔法古拉	游乾桂	LULU	臺北市	上提文化公司	2月	20.5×21	59
兩個古拉	游乾桂	LULU	臺北市	上提文化公司	2月	20.5×21	59
喂，穿裙子的！	張友漁	朵兒普拉斯	臺北市	幼獅文化事業公司	2月	15×21	221
鄉下野孩子	蝦蜜		臺北市	城邦文化事業公司	2月	14.8×20	179
好耶！胖石頭	方素珍	崔永嬿	臺北市	國語日報社	2月	26.5×19.8	
一隻母雞叫蔥花	方素珍	吳嘉鴻	臺北市	國語日報社	2月	26.5×19.8	
開朗少男求生記	八爪熊		臺北市	新苗文化事業公司	2月	15×21	215
西城街的西蒙	湯馬士·葛佐尼 (Thomaso Garzoni)	真的是中國人創作的	臺北市	東觀國際文化公司	2月	14.5×19.6	213
客家傳說故事	吳聲淼		新竹縣	新竹縣兩岸文化協會	2月	14.5×21	183

書名	作者	繪者	出版地	出版社	出版日期	開數	頁數
我們都是小飛俠	胡德成	呂靜雯	臺北市	皇冠文化出版公司	2月	15×18.5	157
愛蓋章的國王	許書寧	許書寧	臺北市	上堤文化公司	3月	24.2×24.1	
誰去掛鈴鐺	馬景賢	吳應堅	臺北市	小魯文化事業公司	3月	21×20.4	35
羽毛交會的時候	郝廣才	伊蓮娜	臺北市	格林文化事業公司	3月	18.5×21	80
春神跳舞的森林	嚴淑女	張又然	臺北市	格林文化事業公司	3月	28.5×21.6	
小石佛	郝廣才	朱里安諾	臺北市	格林文化事業公司	3月	23.7×33.2	
沒有不好玩的時候	任溶溶	高鶯雪	臺北市	小魯文化事業公司	3月	20.8×20.3	47
倪亞達4——黑白切	袁哲生	陳弘耀	臺北縣	寶瓶文化事業公司	3月	16.7×20.1	172
屋簷下的風景	焦桐主編		臺北市	幼獅文化事業公司	3月	15×21	126
賣花的小女孩	馬玲淑		臺北市	福地出版	3月	14.8×21	190
孤兒阿鐵	林建隆		臺北市	皇冠文化出版公司	3月	15×21	265
三月搖籃曲	林細珠(Judith Lam)	林細珠(Judith Lam)	臺北市	大塊文化出版公司	3月	14.5×18	208
兒童文學第十二輯	翁萃芝、林郁璇主編		高雄市	高雄市兒童文學寫作協會	3月	14.8×21	404
有空就回家	朱天心、杏林子等		臺北縣	正中書局公司	3月	14.9×19	113

書名	作者	繪者	出版地	出版社	出版日期	開數	頁數
赤腳小羅漢——霄理溪畔的童年	吳家勳		臺北縣	正中書局公司	3月	14.9×19	175
臺北正在飛	白靈	鄭慧荷	臺北市	三民書局	3月	21.5×24.5	51
黑白狂想曲	陳黎	楊淑雅	臺北市	三民書局	3月	21.5×24.6	55
王叫獸的真愛與熱情	江連居	郁志宏	臺北縣	富春文化事業公司	4月	15×21	204
逃家奇遇記	王蔚	趙梅英	臺北市	九歌出版社	4月	15×21	135
來去樂比樂	林舒嫻	陶一山	臺北市	九歌出版社	4月	15×21	163
陽光叔叔	陳貴美	伍敬賢	臺北市	九歌出版社	4月	15×21	177
黃色蝴蝶結	黃麗秋	那培玄	臺北市	九歌出版社	4月	15×21	165
幸福女孩就是我	周姚萍		臺北市	小魯文化事業公司	4月	14.8×20.9	184
擦指甲油的螃蟹	方之	林宛姿	臺北市	知本家文化事業公司	4月	21.5×30.4	
豆油找親戚	張岳琳	邱柏愷	臺北市	上澤社	4月	28.8×21.9	
望天丘	李潼		臺北市	民生報社	4月	14.8×21	300
恐龍星座	李潼		臺北市	民生報社	4月	14.8×21	183
天天爆米香	李潼		臺北市	民生報社	4月	14.8×21	193
遇上一個夢中情人	管家琪	曾碧珠	臺北市	幼獅文化事業公司	4月	15×21	169
病房裡的春天	陳月文	官月淑	臺北縣	富春文化事業公司	4月	15×21	186
科學童話真奇妙	李光福		臺北市	小魯文化事業公司	4月	14.9×21	159
希望的天空・無私的愛	卡蜜拉		臺北縣	文房文化事業公司	4月	14.7×21	192

書名	作者	繪者	出版地	出版社	出版日期	開數	頁數
電影大師——史蒂芬・史匹柏的少年時光	管家琪		臺北市	文經出版社	4月	15×21	159
大青蛙愛吹牛	馬景賢	吳應堅	臺北市	小魯文化事業公司	4月	21×20.5	35
誰怕大野狼	馬景賢	吳應堅	臺北市	小魯文化事業公司	4月	21×20.5	23
比利與球	郝廣才	安娜蘿拉	臺北市	格林文化事業公司	4月	18.5×21	
美好的一天	沈穎芳	沈穎芳	臺北市	信誼基金出版社	4月	18.7×26.7	
愛吃青菜的鱷魚	湯姆牛	湯姆牛	臺北市	信誼基金出版社	4月	21.5×20.6	
全都睡了100年	林小杯	林小杯	臺北市	信誼基金出版社	4月	19×23.5	
逃哇！去火星	方素珍	簡永宏	臺北市	國語日報社	4月	26.5×19.6	
Guji Guji	陳致元	陳致元	臺北市	信誼基金出版社	4月	20×28.1	
淘氣二姝	羅彩娟		臺北市	福地出版	4月	14.5×21.1	272
老王子	林定一	意晴	臺北市	文經出版社	4月	15×21	127
飛翔的姿勢——成長散文集	蕭蕭主編		臺北市	幼獅文化事業公司	5月	15×21	157
怪獸的字典有困難	方素珍	郝洛玟	臺北市	國語日報社	5月	26.5×19.6	
哪裡來的眼淚	方素珍	郝洛玟	臺北市	國語日報社	5月	26.5×19.6	
戰爭	可樂王	可樂王	臺北市	聯合文學出版社	5月	20.5×24.5	

書名	作者	繪者	出版地	出版社	出版日期	開數	頁數
蜘蛛人安拿生	楊茂秀	林小杯	臺北市	毛毛蟲兒童哲學基金會	5月	23.2×23	
香蕉哥哥說故事	林掄元	林掄元	臺北市	上澤社	5月	21.5×21	
蒲公英的婚禮	鍾雲如	張國銘	臺北縣	富春文化事業公司	5月	15×21.1	75
山鬼之謎	韋伶	黃揚凱	臺北市	幼獅文化事業公司	5月	15×21	237
滷蛋家族	林峻堅等		臺北縣	富春文化事業公司	5月	15×21	207
小貝流浪記	孫幼軍	卜京	臺北市	民生報社	5月	21.3×17.8	98
一隻鳥的故事	吳錦發	鄭可	高雄市	串門企業公司	5月	21.1×19.6	118
庄腳囡仔出頭天	潘淑倩	陳韋宏	臺北市	平安文化公司	5月	15×20.8	191
主題故事——愛的密碼	陳佩萱	罐頭魚	永和市	狗狗圖書公司	5月	22×28.2	61
青梅竹馬的小故事——鞏禮妹妹	薛林		臺南縣	小白屋詩苑	5月	19.5×10	90
記得茶香滿山野	向陽	許文綺	臺北市	遠流出版事業公司	6月	25.7×22.2	
跟阿嬤去賣掃帚	簡媜	黃小燕	臺北市	遠流出版事業公司	6月	25.5×24.5	
像母親一樣的河	路寒袖	何雲姿	臺北市	遠流出版事業公司	6月	21.5×34.5	
姨公公	孫大川	簡滄榕	臺北市	遠流出版事業公司	6月	25.7×25.7	

書名	作者	繪者	出版地	出版社	出版日期	開數	頁數
故事地圖	力格拉樂‧阿媯	阿緞	臺北市	遠流出版事業公司	6月	23×25.7	
八歲，一個人去旅行	吳念真	官月淑	臺北市	遠流出版事業公司	6月	24.3×29.3	
美國學校酷寶貝	曉亞		臺北市	久周出版文化事業公司	6月	14.8×21	188
臺灣自然寫作選	吳明益主編		臺北市	二魚文化事業公司	6月	14.8×21	322
中國現代經典童話I	張秋生、徐建華主編		臺北市	聯經出版事業公司	6月	15×21	218
中國現代經典童話II	張秋生、徐建華主編		臺北市	聯經出版事業公司	6月	15×21	224
中國現代經典童話III	張秋生、徐建華主編		臺北市	聯經出版事業公司	6月	15×21	219
陸祀寓言	陸祀		臺北市	臺灣商務印書館	6月	15×21	235
我願意做你的天使	張維中等	曹瑞芝等	臺北市	方智出版社	6月	14.9×21.1	91
從前從前，有一個小王子	張志維等		臺中市	可迷文化出版公司	6月	14.5×21	255
我願意做你的天使	張維中／孫梓評／吳家宜／詹雅蘭／林育涵	曹瑞芝／黃郁欽／林俐／Tony／阿丁	臺北市	方智出版社	6月	14.8×21	91

書名	作者	繪者	出版地	出版社	出版日期	開數	頁數
在我心裡跳舞	茱麗葉	唐唐	臺北市	小知堂文化事業公司	6月	19×19	62
小保學畫畫	馮輝岳	陳美燕	臺北市	小魯文化事業公司	7月	15.5×19.8	63
穿靴子的咖哩皮皮	杜白	郁志宏	臺北市	幼獅文化事業公司	7月	14.9×21	251
這裡有熊出沒	許玉敏	周天恩	臺北市	檢書堂公司	7月	15.7×21.7	175
圖書館精靈	林佑儒	D. F.	臺北市	九歌出版社	7月	15×21	196
你是我的妹	彭學軍	江正一	臺北市	民生報社	7月	14.8×21	212
危險心靈	侯文詠	李顯寧	臺北市	皇冠文化出版公司	7月	15×20.8	359
快樂少年	林良	利曉文	新店市	正中書局公司	7月	14.8×20.7	150
幫傭的小孩	徐月娟	葉美卿	臺北市	福地出版社	7月	14.8×21	240
阿Q狗流浪記	林慶昭		中和市	大慶出版社	7月	13×18	214
土地公阿幅的心事	林佑儒	發哥	新店市	小兵出版社	7月	20.5×19.5	89
胖鶴丹丹出奇招	陳佩萱	施姿君	新店市	小兵出版社	7月	20.5×19.5	81
神奇的噴火龍	陳景聰	陳炫諭	新店市	小兵出版社	7月	20.5×19.5	81
公雞阿歪ㄍㄚㄍㄚㄍㄚ	楊寶山	任華斌	新店市	小兵出版社	7月	20.5×19.5	91
再見李夢多	廖炳焜	徐建國	新店市	小兵出版社	7月	20.5×19.5	90
小天使學壞記	陳景聰	莊河源	新店市	小兵出版社	7月	20.5×19.5	91
發亮的小河	馮輝岳	莊河源	新店市	小兵出版社	7月	20.5×19.5	91
小鈴鐺	李紫蓉	賴馬	臺北市	信誼基金出版社	7月	21.5×20.5	23

書名	作者	繪者	出版地	出版社	出版日期	開數	頁數
打開傘	李紫蓉	崔麗君	臺北市	信誼基金出版社	7月	21.5×20.5	23
牛來了	（中國兒歌）	張振松	臺北市	信誼基金出版社	7月	21.5×20.5	23
和星星人一起散步	陳璐茜	陳璐茜	臺北市	國語日報社	8月	15×21	167
狗臉的歲月	姊小路	葉美卿	臺北市	福地出版社	8月	14.8×21	240
禍水禍根誰的錯	郝廣才	李燕玉	臺北市	格林文化事業公司	8月	15×19.5	139
野犬姊妹	沈石溪	黃凱	臺北市	幼獅文化事業公司	8月	14.8×21	262
努比亞的線腳獅子	巴斯卡	BO2	臺北市	大塊文化出版公司	8月	18×18	98
讓你感動一輩子的禮物	陶淵亮	屠楠	臺北市	海鴿文化出版圖書公司	8月	17×23	91
5分鐘床邊小故事	陳碧純	王心怡	臺北市	東觀國際文化公司	8月	14.5×21	249
頭號人物：小鬼魯智勝	秦文君	王建國	臺北市	九歌出版社	8月	14.8×21	182
迷糊英雄：班長魯智勝	秦文君	王建國	臺北市	九歌出版社	8月	14.8×21	180
黃金少年	管家琪	徐建國	臺北市	九歌出版社	8月	14.8×21	189
臺灣民間故事選輯	楊淑如編		臺北縣	喜讀文化	無	15×21	202
聲音	任溶溶	高鶯雪	臺北市	小魯文化事業公司	8	20.5×19.5	35
太子歷險記	謝冰瑩	無	新店市	正中書局	8月	14.8×21	145

書名	作者	繪者	出版地	出版社	出版日期	開數	頁數
拔蘿蔔	脆西	脆西	臺北市	上堤文化公司	8月	21.5×24	
三個好朋友	脆西	脆西	臺北市	上堤文化公司	8月	21.5×24	
東山虎姑婆	黃文輝	無	臺北市	天衛文化圖書公司	8月	14.8×21	164
少年懷民	楊孟瑜		臺北市	遠見天下文化出版公司	8月	14.8×21	223
小白帶路	曉禾	陳怡臻	臺北市	法鼓文化事業公司	8月	20×20	89
哈利波特之母—J.K.羅琳的少年時光	管家琪	陳學建	臺北市	文經出版社	8月	15×21	157
桃花源精粹叢書選集（共十冊）	江連居等		桃園縣	桃園縣政府文化局	8月	14.5×21	141
搞笑高手四季豆	盧蘇偉	莊茵嵐	臺北縣	狗狗圖書公司	9月	18.5×23.5	67
四宅村	冥界	阿唎	臺北市	小知堂文化事業公司	9月	14.5×21	216
媽媽的新男友	尹壽千	元裕美	臺北市	三采文化出版事業公司	9月	16.5×22.5	97
我交了男朋友	李美愛	李殷天	臺北市	三采文化出版事業公司	9月	16.5×22.5	179
我那群討厭的死黨	金自煥	元裕美	臺北市	三采文化出版事業公司	9月	16.5×22.5	181
鑰匙兒	黃善美		臺北市	福地出版社	9月	15×21	223
死亡地下室	火楓狐心等著		臺北市	小知堂文化事業公司	9月	14.5×20.8	196

書名	作者	繪者	出版地	出版社	出版日期	開數	頁數
失去大海的鮭魚	梅菲比	劉蘭亭	新店市	檢書堂公司	9月	15×21.5	175
嚕嚕的奇遇	孫幼軍	卜京	臺北市	民生報社	9月	21.5×17.5	115
老班兄弟	黑鶴	楊恩生	臺北市	民生報社	9月	20×19.5	257
寵物原來如此	侯家強	李瑾倫	臺北市	大塊文化出版公司	9月	19×20	132
數學抱抱	郭家琪	T-Bone	臺北市	小魯文化事業公司	9月	18.8×26	80
毛毛蟲吃毛毛蟲	李相權	尹貞珠	臺北縣	狗狗圖書公司	9月	18.5×23.5	107
中國故事寶盒（套書共十二冊）	管家琪改寫	貓頭鷹、蔡嘉驊、楊麗玲	臺北市	幼獅文化事業公司	9-11月	18.6×17	187
臺灣創作囡仔歌	白聆		臺北市	碩億科技公司	9月	20.5×21	33
勇於追夢——臺灣小太陽	梁弘志編著		臺北市	財團法人公共網路文教基金會	9月	21×19.5	191
風動鳴第一部雲蔽	水泉		臺北市	春天出版國際文化公司	9月	14.9×20.7	379
記得當時年紀小	譚柔士		臺北市	文房文化事業公司	10月	15×21	224
媽媽，外面有陽光	徐素霞	徐素霞		和英出版社	10月	21.5×30.5	32
塞滿鑰匙的空房間	臥斧		臺北縣	寶瓶文化事業公司	10月	14.8×20.8	216
午夜的鋼琴聲	或晨等著		臺北市	小知堂文化事業公司	10月	14.5×20.8	184

書名	作者	繪者	出版地	出版社	出版日期	開數	頁數
小太陽	林良	岳宜	臺北市	格林文化事業公司	10月	20.5×21	83
魔王爸爸的16封信	風聆	游素蘭	臺北市	春天出版國際文化公司	10月	14.8×21	219
水家三兄弟的故事	帥崇義		臺北縣	富春文化事業公司	10月	15×21	166
西街少年	鄧紫珊、盧慧心		臺北市	皇冠文化出版公司	10月	15×21	189
萱萱的日記	宋珮	劉清彥	臺北市	道聲出版社	10月	21×25.8	30
金福樓夜話	王家祥	小魚	臺北市	小知堂文化事業公司	10月	14.5×21	205
史瓦洛的飛行日誌	李儒林等	謝佳玲	臺北市	國語日報社	10月	15×21	101
拜託拜託土地公	王文華等	余麗婷	臺北市	國語日報社	10月	15×21	102
我是美女，我愛野獸	陳詩穎		臺北市	雅書堂文化事業公司	10月	14.5×20.3	223
我家的長板凳	陳慧縝	陳慧縝	臺北市	國語日報社	10月	29×21.5	30
可可不見了	溫喜晴	沈建廷	臺北市	國語日報社	10月	21.5×29	30
我高興	江亭誼	曹筱苹	臺北市	國語日報社	10月	21.5×29	30
圳水‧漫入田園	吳家勳		臺北市	黎明文化事業公司	10月	15×21	198
汽車大王——亨利福特的少年時光	吳燈山	陳學建	臺北市	文經出版社	10月	15×21	175
第十一屆南瀛文學獎專輯	廖炳焜等		臺南縣	臺南縣攻府文化局	10月	14.5×20.5	413

書名	作者	繪者	出版地	出版社	出版日期	開數	頁數
愛的天使——德蕾莎修女的故事	陳啟淦	陳學建	臺北市	文經出版社	11月	14.5×20.5	159
庄角囝仔出頭天	潘淑倩採訪		臺北市	平安文化公司	11月	15×21	191
魔力棒球	九把刀	謝吉米	臺北市	蓋亞文化公司	11月	13×20	236
兒童戲劇創作徵選優勝作品選集	楊杏枝等	駱耀宏	臺北市	臺北市政府文化局	11月	15×21	127
一個不能沒有禮物的日子	陳致元	陳致元	臺北市	和英出版社	11月	19.5×23.5	38
雙色鳥	米糕貴	米糕貴	臺北市	小知堂文化事業公司	11月	20×20	90
保健室驚魂	凌迅	阿咧	臺北市	小知堂文化事業公司	11月	14.5×21	232
疼惜往事	陳長華		臺北市	九歌出版社	11月	15×21	190
蒲公英之劍	蘭姐		臺北市	城邦文化事業公司	11月	20.5×20.5	48
草莓心事	林佑儒		臺北縣	小兵出版社	11月	20.5×19.5	159
半路遇上幸福	許書寧	許書寧	臺北市	玉山社出版事業公司	11月	17×22	163
我的老師虎姑婆	王文華	徐建國	臺北市	小兵出版社	11月	20.5×19.5	153
魔法王子	齊東尼	亞寶	臺南市	企鵝圖書公司	11月	15×21	211
杜鵑山的迴旋曲	盧梅芬、蘇量義	黃志勳	臺東市	臺灣史前文化博物館	11月	17.5×25	28

書名	作者	繪者	出版地	出版社	出版日期	開數	頁數
海洋	林頌恩、蘇量義	黃志勳	臺東市	臺灣史前文化博物館	11月	17.5×25	28
二○○三年新竹縣吳濁流文藝獎得獎作品集（附兒童文學部分）	林佑儒等		新竹縣	新竹縣文化局	11月	15×21	358
魔豆傳奇──熊貓創世紀	電視豆公司	電視豆公司	臺北市	唐莊文化事業公司	11月	20×20	62
魔豆傳奇──電視豆傳奇	電視豆公司	電視豆公司	臺北市	唐莊文化事業公司	11月	20×20	107
牆與橋	陳義男		臺南縣	臺南縣政府	11月	14.5×21	366
住在河堤上的朋友	鄒敦怜	藍凱婷	臺北縣	狗狗圖書公司	11月	18.5×23.5	71
愛寫歌的陸爺爺	林娜鈴、蘇量義	黃志勳	臺東市	國立臺灣史前文化博物館	11月	17.5×25	28
歡迎撿走這顆心	許芸齊	小評	臺北市	紅色文化	11月	20.1×19.7	101
收藏──時光的魔法書	周曉楓		臺北縣	文圓國際圖書出版公司	12月	15×21	265
給魔法主人的信	童童		臺北市	小知堂文化事業公司	12月	14.5×21	201
積木雞	葛競		臺北市	聯經出版事業公司	12月	21×17.5	163
肉肉狗	葛競		臺北市	聯經出版事業公司	12月	21×17.5	163

書名	作者	繪者	出版地	出版社	出版日期	開數	頁數
小雛菊	洛心		臺北市	城邦文化事業公司	12月	14.5×21	196
月亮愛漂亮——臺灣2003年兒歌一百	林哲璋等		臺北市	行政院文化建設委員會	12月	14.8×21	119
最後一場戲	呂紹澄		臺北市	小魯文化事業公司	12月	14.8×21	171
臺東的故事	林永發主編		臺東市	臺東縣政府文化局	12月	15×20.8	165
其實我是一條魚	金波	閻振瀛	臺北市	民生報社	12月	20×20	94
囡仔的歌詩	陳秀枝		南投縣	南投縣政府文化局	12月	14.8×21	116
等你第100封信	劉燁編著		臺北市	新苗文化事業公司	12月	14.5×21	242
蔬菜水果的故事	林鍾隆	曹俊彥	臺北市	民生報社	12月	21×17.5	170
對不起！秋蓮	李光福	任華斌	臺北縣	小兵出版社	12月	20.5×20	151
奇奇的替身	杜紫楓		高雄市	百盛文化出版公司	12月	14.5×21.1	181
油桐花下的精靈——我的隱身同學	廖大魚	陳炫諭	臺北縣	小兵出版社	12月	20.5×20	159

二〇〇三年兒童文學論述書目

書名	作者	譯者	出版地	出版社	出版日期	開數	頁數
英語兒童文學史綱	約翰・洛威・湯森	謝瑤玲	臺北市	天衛文化圖書公司	1月	17×23	399
讀書會難不倒你	沈惠芳		臺北市	天衛文化圖書公司	1月	18.8×26	151
管家琪作文——如何閱讀	文／管家琪 圖／賴馬		臺北市	幼獅文化事業公司	1月	15×21	213
哈利波特與中國魔法	劉天賜		臺北縣	尖端出版公司	1月	14.5×21	174
故事媽咪 A1	文／李赫 圖／繆慧雯		臺北縣	狗狗圖書公司	1月	22×29	61
小手做小書2 五格書	陳淑華		臺北縣	光佑文化事業公司	1月	20.7×19.6	83
好戲開鑼	柯秋桂編著		臺北市	財團法人成長文教基金會	1月	18.6×20.8	156
蓬萊碾字坊——李潼人間情懷和文學天地	潘人木友情團隊		宜蘭縣	宜蘭縣政府文化局	2月	15×21	254
巫師的魔法手冊	奎爾・漢米頓・伯克爾、珍・漢米頓・伯克爾	連毓容	臺北縣	海鴿文化事業公司	2月	15×21	199
哈利波特的魔法與科學	羅傑・海菲德	王柏鴻 吳國欽	臺北市	時報文化出版公司	2月	15×21	303

書名	作者	譯者	出版地	出版社	出版日期	開數	頁數
遇見小兔彼得	卡蜜拉·赫利南	蔡正雄	臺北市	青林國際出版公司	2月	26×30.5	128
手工書55招	王淑芬		臺北縣	作家出版社	2月	19×19.5	131
繪本教學有一套	黃慶惠		臺北市	天衛文化圖書公司	3月	19×26	151
臺灣漫畫閱覽	洪德麟		臺北市	玉山社出版事業公司	3月	19×24	161
奇幻文學寫作的十堂課	泰瑞·布魯克斯	林以舜	臺北市	奇幻基地出版	3月	15×21	365
臺灣鄉土文學館：兒童少年文學賞析與研究	林政華		臺南市	世一文化事業公司	3月	14.8×20.9	225
童話心理測試	亞門虹彥	曹雪麗	臺北縣	寶島社	3月	13×18.8	206
達芬奇寓言的智慧	列奧納多·達芬奇	鮑李豔	臺北市	培真文化企業公司	3月	14.8×20.9	187
故事媽咪 A2	文／李赫　圖／劉淑如		臺北縣	狗狗圖書公司	3月	22×29	61
2002好書指南——少年讀物·兒童讀物	曾淑賢策劃		臺北市	臺北市立圖書館	4月	21×20	166
魔鏡，魔鏡，告訴我——當代女性作家探索經典童話輯1	凱特·柏恩海姆編	林瑞堂	臺北市	唐莊文化事業集團公司	4月	15×21	204
魔鏡，魔鏡，告訴我——當	凱特·柏恩海姆編	林瑞堂	臺北市	唐莊文化事業集團公司	4月	15×21	275

書名	作者	譯者	出版地	出版社	出版日期	開數	頁數
代女性作家探索經典童話輯2							
動態閱讀 Rhyme ǹ Song	林秀兒		臺北市	台灣外文書訊房公司	4月	14.9×21	320
讀繪本，遊世界：著名繪本教學與遊戲	紀明美、黃金葉等著 吳淑玲主編		臺北市	心理出版社	4月	17×23	280
創思教育飛起來	葛惠等		臺北縣	三之三文化實業公司	4月	21×29	187
故事治療——說故事在兒童心理治療上的運用	Richard A. Gardner	徐孟弘等	臺北市	五南圖書出版公司	4月	17×23	315
幼兒文學	何三本		臺北市	五南圖書出版公司	4月	17×23	350
讀寫新法——幫助學生學習讀寫技巧	Robert J.Marzano 、 Diane E. Paynter	王瓊珠	臺北市	高等教育文化事業公司	5月	17×23	175
圖畫書的生命花園	劉清彥、郭恩惠		臺北市	財團法人宇宙光文教基金會	5月	18×23.1	120
呼喚	桂文亞編		臺北市	聯經出版事業公司	5月	20×19	190
童話點心屋	林滿秋		臺北市	台視文化事業股公司	5月	17×18	140
動畫大師——宮崎駿的故事	凌明玉		臺北市	文經出版社	5月	14.8×21	159

書名	作者	譯者	出版地	出版社	出版日期	開數	頁數
好好玩的「故事遊戲」附親子遊戲手冊	陳月文		臺北縣	知本家文化事業公司	5月	14.9×21	135
第七屆「兒童文學與兒童語言」學術研討會論文集——兒童文學的翻譯與文化傳遞	阮若缺等著		臺北縣	富春文化事業公司	6月	15×21	397
新詩驚奇之旅	林廣、張伯琦		臺北縣	螢火蟲出版社	6月	18.8×26	251
手工書進階55招	王淑芬		臺北縣	作家出版社	6月	19.1×19.5	143
哈利波特聖經	寺島久美子	許倩珮	臺北市	台灣東販公司	7月	13×19.2	542
聊書學語文	吳敏而等編		臺北市	朗智思維科技公司	7月	19×25.8	229
聊書與人生	吳敏而等編		臺北市	朗智思維科技公司	7月	19×25.8	215
五年六班的讀書單　完全愛上閱讀手冊	許慧貞、吳靜怡（龍安國小五年六班）		臺北市	聯經出版事業公司	7月	19.9×20	169
哈利波特魔法之旅	植木七瀨		臺北縣	尖端出版公司	7月	12.5×18	114
三分之二個兔子假期	謝金玄		臺北市	馬可波羅文化	7月	15×21	127

書名	作者	譯者	出版地	出版社	出版日期	開數	頁數
百變小紅帽——一則童話的性、道德和演變	凱薩琳・奧蘭斯坦	楊淑智	臺北市	張老師文化事業公司	8月	15×21	280
因動漫畫而偉大	傻呼嚕同盟		臺北市	大塊文化出版公司	8月	17×23	175
少女魔鏡中的世界	傻呼嚕同盟		臺北市	大塊文化出版公司	8月	17×23	253
手塚治虫	中尾明	傅林統	臺北市	小魯文化事業公司	8月	14.8×21	185
讀與寫的第1堂課	桂文亞		臺北市	民生報社	8月	20×20	122
FUN 的教學——圖畫書與語文教學	方淑貞		臺北市	心理出版社	8月	17×23	256
上課好好玩——兒童細胞啟發與遊戲	Elizabeth Koehler-Pentacoff		臺北市	書林出版公司	8月	17×23.3	150
讓詩飛揚起來	顏艾琳等編		臺北市	幼獅文化事業公司	9月	14.8×21	253
哈利波特魔法之盃	World Potterian Kyoukai	沙子芳	臺北縣	尖端出版公司	9月	12.5×21	250
芝麻，開門	徐魯編		臺北市	民生報社	9月	20×20	174
臺灣兒童詩理論批評史	徐錦成		彰化縣	彰化縣文化局	9月	14.8×21	253
原住民神話與文化賞析	林道生編		臺北縣	漢藝色研文化事業公司	10月	14.8×21	233

書名	作者	譯者	出版地	出版社	出版日期	開數	頁數
兒歌教材教法	蘇愛秋		臺北市	心理出版社	10月	15×21	197
中學生閱讀策略	蘿拉・羅伯	趙永芬	臺北市	天衛文化圖書公司	10月	19×26	307
聊書學文學	吳敏而等編		臺北市	朗智思維科技公司	10月	19×25.8	217
打開繪本說不完	陳麗雲編		臺北市	文建會	10月	17.3×26	120
托爾金　魔戒的魅力	艾迪・史密斯 (Mark Eddy Smith)	鄧嘉宛	臺北市	校園書房出版社	10月	15×21	182
圖畫・話圖	莫麗・邦 (Molly Bang)	楊茂秀	臺北市	財團法人毛毛蟲兒童哲學基金會	10月	20.1×16	141
台灣囝仔歌一百年	施福珍		臺中市	晨星出版公司	11月	15.5×21.5	283
你問問題我回答	林淑玟		臺北市	民生報社	11月	20×20	99
小詩森林	陳幸蕙編		臺北市	幼獅文化事業公司	11月	14.8×21	253
詹冰詩作學術研討會論文集	真理大學台灣文學系		臺北縣	真理大學台灣文學系	11月	21×29.5	120
資深作家陳千武先生及其同輩作家作品研討會論文集	中華民國兒童文學學會		臺北市	中華民國兒童文學學會	11月	14.8×21	191
動手動腦玩遊戲	陳月文		臺北市	民生報社	11月	20×20	181

書名	作者	譯者	出版地	出版社	出版日期	開數	頁數
親子共讀：做個聲音銀行家	王玥		臺北市	幼獅文化事業公司	12月	15×21	190
回首來時路	邱各容		臺北縣	臺北縣政府文化局	12月	14.8×21	264
愛在閱讀裡研討會手冊	毛毛蟲兒童哲學基金會		臺北市	毛毛蟲兒童哲學基金會	12月	18×25.5	67
圖書館與閱讀運動研討會論文集	國家圖書館		臺北市	國家圖書館	12月	18.9×26	237

二〇〇三年兒童文學翻譯書目

書名	作者（譯者）	出版地	出版社	出版日期	開數	頁數	文類	附註
魔眼少女佩姬蘇——首部曲：藍狗的日子	賽奇·布魯梭羅／任汝芯	臺北市	小知堂文化事業公司	1月	14.7×21	285	小說	法國
藍色海豚島	司卡特·歐德爾／傅定邦	臺北市	台灣東方出版社	1月	15.3×21.6	247	小說	美國
高飛	凱特·狄卡密歐／張子樟	臺北市	台灣東方出版社	1月	15.3×21.6	173	小說	美國
變成麵包的夢	越智典子／游珮芸	臺北市	遠流出版事業公司	1月	15×21	101	圖文書	日本
黃金鼠奇幻歷險1——電腦的魔力	迪特洛夫·萊契／李如彥	臺中市	晨星出版公司	1月	14.8×21	171	寓言故事	德國

書名	作者（譯者）	出版地	出版社	出版日期	開數	頁數	文類	附註
黃金鼠奇幻歷險 2——實驗室的陷阱	迪特洛夫·萊契／李如彥	臺中市	晨星出版公司	1月	14.8×21	172	寓言故事	德國
神奇魔法圈 2——塔樓裡的秘密	黛博拉·道耶爾、詹姆士·麥當諾／麥倩宜	臺北市	唐莊文化事業公司	1月	15×21	190	小說	美國
小女巫之魔法學校	吉兒·莫菲／蕭麗鳳	臺北市	樂透文化事業公司	1月	14.6×21	81	故事	美國
你是野獸維斯可	亞歷山大德羅·波發／張雅芳	臺北市	晨星出版公司	1月	14.9×19	207	小說	蘇聯
里貝爾的夢	Paul Marr／黃亞琴	臺北市	新苗文化事業公司	1月	14.8×20.9	286	小說	德國
兔子坡	Robert Lawson／陳詩紘	臺北市	新苗文化事業公司	1月	14.8×20.9	138	小說	美國
母親呀！飛馳	長山鳥有／黃玉燕	臺北市	健行文化出版事業公司	1月	13.2×21	156	小說	日本
陽光少年——內海光雄	嶋田泰子／許秋鑾	臺北市	學田文化事業公司	1月	13.5×19.2	138	自傳	日本
小傢伙	東尼·爾利／朱麗芬	臺北市	新雨出版社	1月	15×21	267	小說	美國
公主與柯迪	喬治·麥當勞／劉會梁	臺北縣	正中書局公司	1月	11×15.2	291	小說	英國
來自繁星的巫女	席薇亞·路易絲·英達爾／羅林	臺北市	奇幻基地出版	1月	15×21	263	小說	美國

書名	作者（譯者）	出版地	出版社	出版日期	開數	頁數	文類	附註
繼承人遊戲	艾倫・拉斯金／趙映雪	臺北市	台灣東方出版社	1月	16×21.7	380	小說	美國
勝於火勝於生命的人權	大天牛／李英華	臺北市	稻田出版公司	1月	17×24	199	故事	韓國
文盲阿三	權幼順／李英華	臺北縣	狗狗圖書公司	1月	18.5×23.6	94	故事	韓國
猶太人為什麼有錢	李惠鎮／李英華	臺北市	稻田出版公司	1月	17×24	143	童話	韓國
棒極了比利	菲利斯・艾瑞納／柯雅方	臺北市	奧林文化事業公司	1月	13.5×21	178	故事	西班牙
翻著跟斗一天又過去了	灰谷健次郎／黃瑾瑜	臺北縣	新雨出版社	1月	15×20.2	221	故事	日本
小女巫之魔法學校	吉兒・莫非／蕭麗鳳	臺北市	樂透文化事業公司	1月	15×21	81	故事	美國
小女巫之友情考驗	吉兒・莫非／蕭麗鳳	臺北市	樂透文化事業公司	1月	15×21	189	故事	美國
異樣人生	馬克吐溫／紫石作坊	臺北市	麥田出版公司	1月	17×17.2	134	故事	美國
內褲超人瘋狂大冒險	戴夫・皮爾奇／安小兵	臺北市	遠見天下文化出版公司	1月	15×20.6	122	小說	美國
鬼魅的大窗子	雷蒙・尼史尼奇／劉鑫鋒	臺北市	遠見天下文化出版公司	1月	15×20.6	241	小說	美國
金鑰匙	喬治・麥當勞／陳莉苓	臺北市	正中書局公司	1月	10.5×15	223	小說	英國
藍色的遠方	愛力克斯・席勒／王幼慈	臺北市	小知堂文化事業公司	2月	13.6×21.1	218	小說	英國
碎瓷片	琳達・蘇・帕克／陳蕙慧	臺北市	台灣東方出版社	2月	16×21.6	223	小說	韓國

書名	作者（譯者）	出版地	出版社	出版日期	開數	頁數	文類	附註
真相	貝佛莉・奈杜／海星	臺北市	台灣東方出版社	2月	15.5×21.5	345	小說	南非
暖毛球與冰刺球	克勞德・史坦納／王乙徹	臺中市	晨星出版公司	2月	15.3×19.4	62	寓言故事	法國
真誠的信徒	吳爾芙／陳佳琳	臺北市	玉山社出版事業公司	2月	13.2×19.1	366	小說	美國
赫德御謎士	派翠西亞・麥奇莉普／嚴韻	臺北縣	遠足文化事業公司	2月	14×20.2	296	小說	美國
漆黑王子	卡蒙・史渥卡曼達／江秋阮	臺北市	東佑文化事業公司	2月	15×21.2	183	神話	非洲
魔法師的雕像	黛博拉・道耶爾＆詹姆士・麥當諾／麥倩宜	臺北市	唐莊文化事業公司	2月	15×21	197	小說	美國
草莓女孩	Lois Lenski／陳詩紘	臺北市	新苗文化事業公司	2月	15×21	241	小說	美國
小魔女蘿拉	Andrea Klier／房衛	臺北市	新苗文化事業公司	2月	15×21	212	小說	德國
非常人物誌	Sarah K. Bolton／鍾言	臺北市	世界書局	2月	15×21	132	傳記	美國
拼圖的貓眼在哪裡？	中尾明／黃宣勳	臺北市	小魯文化事業公司	2月	15×21	199	小說	日本
黃金鼠奇幻歷險3——生存的聖戰	迪特洛夫・萊契／李如彥	臺中市	晨星出版事業公司	2月	15×21	188	寓言故事	德國

書名	作者（譯者）	出版地	出版社	出版日期	開數	頁數	文類	附註
黃金鼠奇幻歷險 4──與亡靈鬥智	迪特洛夫‧萊契／李如彥	臺中市	晨星出版事業公司	2月	15×21	205	寓言故事	德國
5個孩子和一個怪物	伊迪絲‧內斯比特／任溶溶	臺北市	米娜貝爾出版公司	2月	15×21	242	小說	英國
5個孩子和鳳凰與魔毯	伊迪絲‧內斯比特／任溶溶	臺北市	米娜貝爾出版公司	2月	15×21	276	小說	英國
4個孩子和一個護身符	伊迪絲‧內斯比特／任溶溶	臺北市	米娜貝爾出版公司	2月	15×21	318	小說	英國
雞皮疙瘩 1──我的新家是鬼屋	R.L.史坦恩／孫梅君	臺北市	商周文化事業公司	2月	14×21	157	小說	美國
雞皮疙瘩 2──魔血	R.L.史坦恩／孫梅君	臺北市	商周文化事業公司	2月	14×21	171	小說	美國
雞皮疙瘩 3──鄰屋幽靈	R.L.史坦恩／派特	臺北市	商周文化事業公司	2月	14×21	149	小說	美國
雞皮疙瘩 4──許願請小心	R.L.史坦恩／柯清心	臺北市	商周文化事業公司	2月	14×21	157	小說	美國
雞皮疙瘩 5──厄運咕咕鐘	R.L.史坦恩／派特	臺北市	商周文化事業公司	2月	14×21	144	小說	美國
芭芭拉的墓園記事	芭芭拉‧布若能／姬健梅	臺北市	經典傳訊文化公司	2月	13.6×21	172	散文	德國
如果世界是100人村第2集真實的世界	池田香代子、Magazine House 編著／游蕾蕾譯	臺北市	台灣東販公司	2月	13.7×19.5	142	圖文書	日本

書名	作者（譯者）	出版地	出版社	出版日期	開數	頁數	文類	附註
帶妹妹長大的小孩	權正生	臺北市	福地出版	2月	15×21	287	小說	韓國
原野之歌	文／工藤直子 圖／保手濱孝 譯／莫海君	臺北市	巨河文化公司	2月	20.5×20.5	109	童詩	日本
小魔女蘿拉	Andrea Klier／房衛	臺北市	新苗文化事業公司	2月	15×21	212	小說	德國
宮殿裡的危機	黛博拉‧道耶爾、詹姆士‧麥當諾／鄭文琦	臺北市	唐莊文化事業公司	2月	15×21	184	小說	美國
將軍的指環	塞爾瑪‧拉吉洛芙／朱淑芬	臺北市	巨河文化公司	2月	15×21.5	216	小說	瑞典
魔眼少女佩姬蘇——二部曲：沈睡的惡魔	賽奇‧布魯梭羅／蔡孟貞	臺北市	小知堂文化事業公司	3月	15.1×21.2	345	小說	法國
魔眼少女佩姬蘇——三部曲：深淵的蝴蝶	賽奇‧布魯梭羅／林美珠	臺北市	小知堂文化事業公司	3月	15.1×21.2	317	小說	法國
魔燈——開啟智慧與力量的黃金7法則	喬‧魯比諾／王幼慈	臺北市	小知堂文化事業公司	3月	14.2×21.2	189	故事	美國
精靈戰爭——最後之戰	瑪汀娜‧迪克斯／劉興華	臺北市	允晨文化實業公司	3月	15×21.2	165	小說	德國

書名	作者（譯者）	出版地	出版社	出版日期	開數	頁數	文類	附註
精靈戰爭——勇闖黃金城	瑪汀娜・迪克斯／劉興華	臺北市	允晨文化實業公司	3月	15×21.2	214	小說	德國
發條橘子	安東尼・伯吉斯／王之光	臺北市	臉譜出版	3	13×20	223	小說	英國
聰明的傻子	文／吉雅德・達維奇　圖／大衛 B.　譯／譚寶璇	臺北市	圓神出版社	3月	13×18.6	184	故事	法國
一個小女孩的希望	Eleanor Ramrath Garner／繆靜玫	臺北市	新苗文化事業公司	3月	15×21	371	小說	美國
意外的幸運籤	森繪都／曹雪麗	臺北市	新苗文化事業公司	3月	15×21	259	小說	日本
智慧城堡：一個少年的追尋之旅	雷特・艾利斯／林說俐	臺北市	方智出版社	3月	15×21	237	小說	美國
發條鐘	菲利普・普曼里歐尼・果爾／蔡宜容	臺北市	繆思出版公司	3月	14×20	122	小說	英國
深邃林之外	保羅・史都沃與克利斯・瑞德／王紹婷	臺北縣	繆思出版公司	3月	14×20	282	小說	英國
內褲超人大戰吃人馬桶	戴夫・皮爾奇／安小兵	臺北市	遠見天下文化出版公司	3月	14.8×20.5	132	故事	美國
我的鸚鵡老大	喬安娜・伯格／屈家信	臺北市	皇冠文化出版公司	3月	15×20.8	222	散文	美國

書名	作者（譯者）	出版地	出版社	出版日期	開數	頁數	文類	附註
波特萊爾大遇險4——糟糕的工廠	雷蒙尼·史尼奇／李可琪	臺北市	遠見天下文化出版公司	3月	14.8×20.5	218	小說	美國
出賣笑容的孩子	雅姆仕·克呂斯／林青萍	臺北市	奧光文化事業公司	3月	15×21	280	小說	德國
秘密花園	法蘭西絲·勃內特／黃語忻	臺北市	普天出版社	3月	15×21	317	小說	英國
夏綠蒂的網	懷特／黃可凡	臺北市	聯經出版事業公司	3月	16.3×24	158	小說	美國
小女巫之魔咒災難	吉兒·莫菲／蕭麗鳳	臺北市	樂透文化事業公司	3月	15×21	160	小說	美國
魔山印石	向達倫／荷西	臺北市	皇冠文化出版公司	4月	15×21	234	小說	英國
奇幻之光	克拉迪奧／黃聿君	臺北市	格林文化事業公司	4月	19×21.7	61	圖文書	義大利
少年鐔，嘜衝動！	立石優／辜小麗	臺北市	新苗文化事業公司	4月	14.6×21	261	小說	日本
模仿鳥艾米麗	Emily Fox Gordon／范旭	臺北市	新苗文化事業公司	4月	14.6×21	244	小說	美國
麻辣學生的畢業典禮	安原俊介／張燕珍	臺北市	新苗文化事業公司	4月	14.7×21	235	小說	日本
九歲人生	魏基哲／王凌霄	臺中市	晨星出版公司	4月	14.8×19	258	小說	韓國
媽咪，請聽漢娜說	安吉拉·松莫-波登寶／闕旭玲	臺北市	經典傳訊文化公司	4月	14.5×21	189	小說	德國

書名	作者（譯者）	出版地	出版社	出版日期	開數	頁數	文類	附註
阿特米斯奇幻歷險1——精靈的贖金	艾歐因・寇弗／林說俐	臺北市	天培文化公司	4月	14.7×21	297	小說	愛爾蘭
出發吧！野貓們	蘿拉・佩登・羅伯茲／胡慧明	臺北市	漢藝色研文化事業公司	4月	14.9×21	206	小說	美國
神奇魔法圈5——魔法師的城堡	黛博拉・道耶爾、詹姆士・麥當諾／顏正瑩	臺北市	唐莊文化事業公司	4月	14.9×21	195	小說	美國
5年3班	小江松里子／林文琪	臺北市	台灣角川公司	4月	13×18.8	400	小說	日本
夢想的希望號	雅各布・韋格力爾斯／李怡姍	臺北市	奧林文化事業公司	4月	13.5×21	175	小說	瑞典
今天是野餐日	文／原京子圖／秦好史郎譯／鄭淑華	臺北市	小魯文化事業公司	4月	15.5×19.7	63	故事	日本
蜜蜜甜心派	李愛美／曲慧敏	臺北縣	INK 印刻出版公司	4月	15×21	282	散文	韓國
我們都不是很好的人	Mamoru iteh／陳雅琪	臺北市	種籽文化事業公司—大麥書房	4月	14.9×21	157	散文	日本
有你真好	館林千賀子／林芳兒	臺北市	尖端出版事業公司	4月	15.5×21.5	253	傳記	日本
雞皮疙瘩06歡迎光臨惡夢營	R.L.史坦恩／麗妲	臺北市	商周文化事業公司	4月	13.9×21	177	小說	美國

書名	作者（譯者）	出版地	出版社	出版日期	開數	頁數	文類	附註
雞皮疙瘩07 古墓毒咒	R.L.史坦恩／麗妲	臺北市	商周文化事業公司	4月	13.9×21	179	小說	美國
雞皮疙瘩08 魔鬼面具	R.L.史坦恩／麗妲	臺北市	商周文化事業公司	4月	13.9×21	161	小說	美國
雞皮疙瘩09 遠離地下室	R.L.史坦恩／麗妲	臺北市	商周文化事業公司	4月	13.9×21	149	小說	美國
雞皮疙瘩10 木偶驚魂	R.L.史坦恩／麗妲	臺北市	商周文化事業公司	4月	13.9×21	180	小說	美國
孿生姊妹	凱瑟琳·佩特森／鄒嘉容	臺北市	台灣東方出版社	5月	15.3×21.6	313	小說	美國
海狸的記號	依麗莎白·史畢爾／傅蓓蒂	臺北市	台灣東方出版社	5月	15.3×21.6	221	小說	美國
藍熊船長的奇幻大冒險	Walter Moers（瓦爾特·莫爾斯）／李士勛	臺北市	正中書局	5月	14.6×21	654	童話	德國
飛越魔法門	黛博拉·道耶爾、詹姆士·麥當諾／鄭文琦	臺北市	唐莊文化事業公司	5月	15×21	212	小說	美國
卡先生和他的憂鬱鳥	文／瑪麗絲·巴德利 圖／英格麗·哥頓 譯／劉興華	臺北市	遠流出版事業公司	5月	15×21	103	小說	德國
沒人聽我說	阿賽·哈克／劉興華	臺北市	一方出版公司	5月	12×19	203	小說	德國
森林王子	盧迪亞·吉卜林／顏湘如	臺北市	臺灣商務印書館	5月	15×21	210	小說	英國

書名	作者（譯者）	出版地	出版社	出版日期	開數	頁數	文類	附註
一顆叫媽媽的星星	凱倫・蘇姍／黃亞琴	臺北市	新苗文化事業公司	5月	14.8×20.8	223	小說	德國
大鼻妹的秘密日記	露薏絲・何尼森／蔡靜如	臺北市	小知堂文化事業公司	5月	14.6×21.1	221	小說	英國
科索亞多這座森林的故事1　都是樹果惹的禍	岡田淳／黃瓊仙	臺北縣	豐鶴文化出版社	5月	15×21	159	故事	日本
科索亞多這座森林的故事2　蘋果與檸檬的咒語	岡田淳／黃瓊仙	臺北縣	豐鶴文化出版社	5月	15×21	143	故事	日本
科索亞多這座森林的故事3　撿到了貓頭鷹	岡田淳／黃瓊仙	臺北縣	豐鶴文化出版社	5月	15×21	143	故事	日本
科索亞多這座森林的故事4　黑夜裡的魔女	岡田淳／黃瓊仙	臺北縣	豐鶴文化出版社	5月	15×21	159	故事	日本
野雞女孩II鬼島歷險記	柯奈莉亞・馮克／唐薇	臺北縣	旗林文化出版社	5月	15.8×21.6	205	小說	德國
義大利童話I	伊塔羅・卡爾維諾／倪安宇、馬箭飛等	臺北市	時報文化出版公司	5月	15×21	245	童話	義大利
義大利童話II	伊塔羅・卡爾維諾／	臺北市	時報文化出版公司	5月	15×21	303	童話	義大利

書名	作者（譯者）	出版地	出版社	出版日期	開數	頁數	文類	附註
	倪安宇、馬箭飛等							
義大利童話III	伊塔羅・卡爾維諾／倪安宇、馬箭飛等	臺北市	時報文化出版公司	5月	15×21	294	童話	義大利
義大利童話IV	伊塔羅・卡爾維諾／倪安宇、馬箭飛等	臺北市	時報文化出版公司	5月	15×21	303	童話	義大利
孩子的冬天	左朗・德芬卡爾／王豪傑	臺北市	奧林文化事業公司	5月	14.9×21	186	小說	南斯拉夫
小女巫之海灘歷險上	吉兒・莫菲／蕭麗鳳	臺北市	樂透文化事業公司	5月	15×21	160	故事	美國
小女巫之海灘歷險下	吉兒・莫菲／蕭麗鳳	臺北市	樂透文化事業公司	5月	15×21	160	故事	美國
獵風海盜團	保羅・史都沃與克利斯・瑞德／王紹婷	臺北市	謬思出版公司	5月	14×20	378	小說	英國
愛的教育	艾德蒙多・狄・亞米契司／劉學真	臺北市	驛站文化事業公司	5月	15×20.9	205	故事	義大利
雞皮疙瘩10木偶驚魂	R.L.史坦恩／陳言襄	臺北市	商周文化事業公司	5月	13.8×20.9	181	小說	美國
雞皮疙瘩11吸血鬼的鬼氣	R.L.史坦恩／柯清心	臺北市	商周文化事業公司	5月	13.8×20.9	142	小說	美國
手提箱小孩	賈桂琳・威爾森／胡芳慈	臺北市	台灣東方出版社	6月	15.2×21.6	195	小說	英國

書名	作者（譯者）	出版地	出版社	出版日期	開數	頁數	文類	附註
魔法城堡	伊迪絲‧內斯比特／任溶溶	臺北市	米娜貝爾出版公司	6月	14.7×21	314	小說	美國
會跳舞的熊	萊納‧齊尼克／林敏雅	臺北市	玉山社出版事業公司	6月	13×19	126	小說	波蘭
喬伊失控了	傑克‧甘圖斯／陳淑智、陳蕙慧	臺北市	台灣東方出版社	6月	15.5×21.6	270	小說	美國
魔法校車——超強病毒	喬安娜‧柯爾＆布魯斯‧迪根／陳漢湘	臺北市	遠流出版事業公司	6月	13×19	119	故事	美國
波特萊爾大遇險5——嚴酷的學校	雷蒙尼‧史尼奇／李可琪	臺北市	遠見天下文化出版公司	6月	14.9×20.5	261	小說	美國
高個兒莫南	亞蘭‧傅尼葉／雍宜欽	臺北市	先覺出版公司	6月	15×21	272	小說	法國
吸血鬼獵人D2：D——迎風而立	菊地秀行／高胤喨	臺北市	奇幻基地出版	6月	14.6×20.6	252	小說	日本
吸血鬼獵人D1：——吸血鬼獵人D	菊地秀行／高胤喨	臺北市	奇幻基地出版	6月	14.6×20.6	251	小說	日本
假面恐怖王	江戶川亂步／施聖茹	臺北市	品冠文化出版社	6月	15.5×21.6	194	小說	日本
雞皮疙瘩12午夜的稻草人	R.L. 史坦恩／陳言襄	臺北市	商周文化事業公司	6月	13.8×20.9	163	小說	美國
雞皮疙瘩13深海奇遇	R.L. 史坦恩／陳昭如	臺北市	商周文化事業公司	6月	13.8×20.9	163	小說	美國

書名	作者（譯者）	出版地	出版社	出版日期	開數	頁數	文類	附註
雞皮疙瘩14幽靈狗	R.L.史坦恩／莫莉	臺北市	商周文化事業公司	6月	13.8×20.9	157	小說	美國
夜鶯之眼	A.S.拜雅特／王娟娟	臺北縣	布波出版公司	6月	15×21	284	小說	英國
死亡審判	向達倫／荷西	臺北市	皇冠文化出版公司	7月	15×20.9	234	小說	英國
鬼貓咪	艾倫·艾伯格／陳佳慧	臺北市	小知堂文化事業公司	7月	13×19	124	故事	英國
羅馬少年偵探團：奧斯提亞的竊賊	卡洛琳·勞倫斯／魏郁如	臺北市	小知堂文化事業公司	7月	14.8×21.1	221	小說	美國
電人M	江戶川亂步／施聖茹	臺北市	品冠文化出版社	7月	15.5×21.6	194	小說	日本
圍牆上的孩子	桃莉·海頓／陳詩紘	臺北市	新苗文化事業公司	7月	14.8×21	414	小說	美國
窮小子曼佛雷德	凱倫·蘇姍／蘇世凱	臺北市	新苗文化事業公司	7月	14.7×21	199	小說	德國
少女與幻獸	派翠西亞·麥奇莉普／陳敬旻	臺北市	謬思出版公司	7月	14×20	271	小說	美國
綠巨人浩克	彼得·大衛／劉永毅	臺北市	圓神出版社	7月	14.8×21	190	小說	美國
女巫與幻獸	派翠西亞·麥奇莉普／陳敬旻	臺北縣	遠足文化事業公司	7月	14.1×20	271	小說	美國
野雞女孩III狐狸的警報	柯奈莉亞·馮克／唐薇	臺北縣	旗林文化出版社	7月	15×21	317	小說	德國

書名	作者（譯者）	出版地	出版社	出版日期	開數	頁數	文類	附註
波特萊爾大冒險6　破爛的電梯	雷蒙尼・史尼奇／周司芸	臺北市	天下出版公司	7月	14.8×20.5	265	小說	美國
野菊之墓	伊藤左千夫／彭春陽	臺北市	一方出版公司	7月	14.7×21	191	小說	日本
朋友4個半神秘的洞穴	約希・佛列得里／陳靚	臺北市	遠流出版事業公司	7月	15×21.8	142	小說	德國
朋友4個半聖誕老人集團	約希・佛列得里／陳良梅	臺北市	遠流出版事業公司	7月	15×21.8	146	小說	德國
朋友4個半妙探守則十條	約希・佛列得里／陳良梅	臺北市	遠流出版事業公司	7月	15×21.8	146	小說	德國
朋友4個半失蹤的生物老師	約希・佛列得里／陳良梅	臺北市	遠流出版事業公司	7月	15×21.8	147	小說	德國
麵粉娃娃	安・范／海星	臺北市	台灣東方出版社	7月	15.3×21.5	252	小說	英國
蓋布瑞的禮物	哈尼夫・庫雷西／陳靜芳	臺北縣	新雨出版社	7月	15×21	293	小說	英國
親愛的漢修先生	貝芙莉・克萊瑞／柯倩華	臺北市	台灣東方出版社	7月	15.3×21.5	186	小說	美國
雞皮疙瘩15雪怪復活記	R.L. 史坦恩／孫梅君	臺北市	商周文化事業公司	7月	13.8×20.9	175	小說	美國
雞皮疙瘩16隱身魔鏡	R.L. 史坦恩／貝齊	臺北市	商周文化事業公司	7月	13.8×20.9	192	小說	美國
幸福的好滋味2	朴仁植／曲慧敏	臺北縣	INK 印刻出版公司	7月	15×21	265	散文	韓國

書名	作者（譯者）	出版地	出版社	出版日期	開數	頁數	文類	附註
蜜蜜甜心派								
童話月球	沃夫岡・霍爾班＆海克・霍爾班／劉興華	臺北市	奇幻基地出版	7月	14.6×20.9	350	小說	德國
感謝你，大五郎	大谷淳子	臺中市	晨星出版公司	7月	14.8×21	163	故事	日本
其實我不想說	賈桂琳・伍德生／柯惠琮	臺北市	小魯文化事業公司	7月	14.7×21	173	小說	美國
戰地孤雛淚	尼・奧斯特洛夫斯基	臺北市	福地出版社	7月	14.8×21	272	小說	俄國
鬼貓咪	艾倫・艾柏格／陳佳慧	臺北市	小知堂文化事業公司	7月	19×12.8	124	小說	英國
魯賓遜雨林機智探險記	朴景洙、張京愛／楊俊娟	臺北市	如何出版社	7月	15×21	255	故事	韓國
蝴蝶・天堂探險記	Eva Ibbotson／謝瑤玲	臺北市	小魯文化事業公司	7月	15×20.8	303	小說	英國
深海侏羅紀	史提夫・艾爾頓／湯新華	臺北市	皇冠文化出版公司	7月	15×20.7	250	小說	美國
矮先生	馬汀・埃柏茲／江怡雯	臺北市	奧林文化事業公司	8月	13.4×21	181	故事	德國
窈窕奶爸	安・范／鄒嘉容	臺北市	台灣東方出版社	8月	15.2×21.5	281	小說	英國
煤球路	李煥哲	臺北市	福地出版公司	8月	14.8×21	221	小說	韓國
小王子動畫DVD＋互動遊戲＋繪本書	聖・修柏里／明日工作室	臺北市	明日工作室公司	8月	15.5×21.6	95	童話	法國

書名	作者（譯者）	出版地	出版社	出版日期	開數	頁數	文類	附註
沙的孩子	達哈・班・哲倫／梁若瑜	臺北市	皇冠文化出版公司	8月	15×20.8	204	小說	法國
油漆工與六個孩子	艾芙琳・道爾／謬靚玫	臺北市	新苗文化事業公司	8月	14.8×21	255	小說	英國
戴珍珠耳環的少女	崔西・雪佛藍／李家姍	臺北市	皇冠文化出版公司	8月	15×21	271	小說	美國
北風的背後	喬治・麥克唐納／王曉陽、藍藍	臺北縣	正中書局公司	8月	15×21	510	小說	英國
化身博士	著／史蒂文生　繪／佛杭蘇瓦・普列士　譯／吳鴻	臺北市	臺灣商務印書館	8月	15×20.9	105	小說	英國
奇蹟少年	日木流奈／黃碧君	臺北市	平安文化公司	8月	15×20.8	191	小說	日本
彼得・迪金森 (Peter Dickinson)	彼得・大衛／劉娟君、林瑞霖	臺北市	星光出版社	8月	15×20.8	204	小說	英國
雞皮疙瘩之18　我的朋友是隱形人	R.L. 史坦恩 (R.L.STINE)／愛陵	臺北市	城邦文化事業公司	8月	14×21	146	小說	美國
雞皮疙瘩之17　恐怖樂園	R.L. 史坦恩／陳昭如	臺北市	城邦文化事業公司	8月	14×21	171	小說	美國
心靈雞湯純真年代	馬克・韓森等／高子梅	臺北市	晨星出版公司	8月	15×21	301	故事	美國
內褲超人與恐怖的史屁多教授	戴夫・皮爾奇 (Dav Pilkey)／安小兵	臺北市	遠見天下文化出版公司	8月	15×20.5	144	故事	美國

書名	作者（譯者）	出版地	出版社	出版日期	開數	頁數	文類	附註
內褲超人與魔法女妖	戴夫・皮爾奇／安小兵	臺北市	遠見天下文化出版公司	8月	15×20.5	160	故事	美國
內褲超人與外星大嘴妖	戴夫・皮爾奇／安小兵	臺北市	遠見天下文化出版公司	8月	15×20.5	130	故事	美國
洛克貝等一下	灰谷健次郎／許慧貞	臺北縣	新雨出版社	8月	15×20	217	故事	日本
公主與妖精	喬治・麥克唐納／羅婷以	臺北縣	正中書局公司	8月	14.8×21	387	童話	英國
七信使	迪諾・布扎第／倪安宇	臺北市	皇冠文化出版公司	8月	15×21	252	小說	義大利
比奇顏，迷失的渡鴉	理察・瓦格梅斯／林劭貞	臺北市	城邦文化事業公司	8月	14.8×21	316	小說	加拿大
謝謝妳生下我	文、圖／葉祥明　譯／鹿蘭芝	臺北市	巨河文化公司	8月	18.3×23.5	48	散文	
13個月13週又13天・月圓之夜	艾力克斯・席勒／王幼慈	臺北市	小知堂文化事業公司	8月	14.5×21	301	童話	英國
家有酷貓	潘・薔森／張罌菲	臺北市	知書房出版社	9月	14.8×21	195	故事	美國
水后	凱伊・邁爾／劉興華	臺北市	允晨文化實業公司	9月	14.8×21	254	小說	德國
雙胞胎行動	賈桂琳・威爾森／劉清彥	臺北市	東方出版社	9月	14.8×21	269	小說	英國
家有酷貓	潘・薔森／張盟菲	臺北市	知書房出版社	9月	15×21	195	故事	美國
羅馬的刺客	卡洛琳・勞倫斯／魏郁如	臺北市	小知堂文化事業公司	9月	15×21	237	小說	美國

書名	作者（譯者）	出版地	出版社	出版日期	開數	頁數	文類	附註
髒蕾莉的寶藏	克萊兒・德胡昂／侯茵綺	臺北市	大穎文化實業公司	9月	14×19	46	故事	法國
牛仔褲的夏天	安妮・布魯克絲／翁如玫	臺北市	遊目族文化事業公司	9月	14.3×21	315	小說	美國
誰搬走了我的乳酪	史賓賽・強森／胡洲賢	臺北市	大穎文化實業公司	無	14.5×21	96	故事	美國
朋友4個半──老師在尖叫	約希・弗列德里／陳良梅	臺北市	遠流出版事業公司	9月	15×21.8	152	小說	德國
朋友4個半──七根黃瓜的秘密	約希・弗列德里／陳良梅	臺北市	遠流出版事業公司	9月	15×21.8	152	小說	德國
朋友4個半──緝捕校長	約希・弗列德里／陳靚	臺北市	遠流出版事業公司	9月	15×21.8	150	小說	德國
朋友4個半──機警的花園小矮人	約希・弗列德里／陳良梅	臺北市	遠流出版事業公司	9月	15×21.8	158	小說	德國
朋友4個半──網路追追追	約希・弗列德里／陳良梅	臺北市	遠流出版事業公司	9月	15×21.8	147	小說	德國
昏頭先生	保羅・奧斯特／林靜華	臺北市	皇冠文化出版公司公司	9月	14.8×21	253	故事	美國
魔咒首部曲末日咒語	克里夫・麥可尼許／蘇有薇	臺北市	小知堂文化事業公司	9月	14.5×21	237	故事	英國
芝麻，開門	伊索等著／徐魯編	臺北市	民生報社	9月	20×20	174	寓言	各國

書名	作者（譯者）	出版地	出版社	出版日期	開數	頁數	文類	附註
我永遠的老朋友	約‧佩斯圖姆／羅馨旻	臺北市	奧林文化事業公司	9月	14×21	61	故事	德國
邪惡的村子	雷蒙尼‧史尼奇／周思芸	臺北市	遠見天下文化出版公司	9月	15×20.5	265	小說	美國
貓咪魔法學校 1—— 水晶洞的秘密	金津經／朱恩伶	臺北市	印刻出版公司	9月	17×23	165	故事	韓國
雞皮疙瘩之19　幽靈海灘	R.L. 史坦恩／均而	臺北市	城邦文化事業公司	9月	14×21	161	小說	美國
雞皮疙瘩之20　聖誕夜驚魂	R.L. 史坦恩／均而	臺北市	城邦文化事業公司	9月	14×21	147	小說	美國
絕命聖誕夜	史考特‧菲利浦／李郁芬	臺北市	新苗文化事業公司	9月	15×21	244	小說	美國
史上最棒的聖誕劇	羅賓蓀／饒麗玲	臺北市	校園書房出版社	9月	13.5×19.3	177	故事	美國
莉莎的星星	派屈克‧吉爾森／彭慧雯	臺北市	大穎文化事業公司	9月	18×18	37	圖畫書	
蘇西的世界	艾莉絲‧布柏德／施清真	臺北市	時報文化出版公司	9月	15×21	335	小說	美國
雞皮疙瘩之萬聖夜驚魂(20)	R.L.史坦恩／柯清心	臺北市	商周文化事業公司	9月	14×21	149	小說	美國
魔咒二部曲魔女軍團	克里夫‧麥可尼許／胡瑛	臺北市	小知堂文化事業公司	10月	14.5×21	285	故事	英國
衣櫃密室的情報員	葛萊‧泰斯諾／高璿	臺北市	新苗文化事業公司	10月	14.5×21	229	故事	德國

書名	作者 （譯者）	出版地	出版社	出版 日期	開數	頁數	文類	附註
亞當舅舅	安・馬汀／ 李畹琪	臺北市	台灣東方出 版社	10月	15×21.5	266	小說	美國
飛天老爺車	艾安・傅來明 ／王潔	臺北市	台灣東方出 版社	10月	15×21.5	266	小說	美國
哈利波特 ——鳳凰會 的密令（上）	J.K.羅琳／ 皇冠編輯組	臺北市	皇冠文化出 版公司	10月	15×21	463	小說	英國
哈利波特 ——鳳凰會 的密令（下）	J.K.羅琳／ 皇冠編輯組	臺北市	皇冠文化出 版公司	10月	15×21	941	小說	英國
石光	凱伊・邁爾／ 劉興華	臺北市	允晨文化實 業公司	10月	15×21	319	小說	德國
奇幻的晚宴	安房直子／ 吳佳芬	彰化市	和融出版社	10月	14.8×21	76	故事	日本
哈利波特惡 搞版　火雞 的秘密	麥可・伯格／ 朱學恆	臺北市	城邦文化事 業公司	10月	14.8×21	253	小說	英國
樹上的父親	茱蒂・帕斯科 ／薛慧儀	臺北市	小知堂文化 事業公司	10月	14.5×21	228	小說	英國
白牙	傑克・倫敦／ 繆詠華	臺北市	臺灣商務印 書館	10月	14.8×21	237	小說	美國
別人家的孩 子	蕾納特・威爾 許／李怡珊	臺北市	奧林文化事 業公司	10月	13.5×21	206	故事	奧地 利
恐怖的醫院	雷蒙尼・史尼 奇／李可琪	臺北市	遠見天下文 化出版公司	10月	15×20.5	264	故事	美國
霧中的奇幻 小鎮	柏葉幸子／ 曾小雪	臺北市	時報文化出 版公司	10月	14.8×20	158	故事	日本
吸血鬼王子	向達倫／ 吳俊宏	臺北市	皇冠文化出 版公司	10月	15×20.9	231	小說	英國

書名	作者（譯者）	出版地	出版社	出版日期	開數	頁數	文類	附註
兔子山	羅伯特・勞森／區國強	臺北市	台灣東方出版社	10月	14.8×21	147	故事	美國
飛天老爺車	艾安・傅來明／王潔	臺北市	台灣東方出版社	10月	14.8×21	138	故事	美國
3個小女巫故事書	喬姬・亞當斯／周思芸	臺北市	遠見天下文化出版公司	10月	19.5×23.5	93	圖文書	英國
作夢的日子	肯尼士・賈拉罕／曾麗文	臺北縣	巨河文化公司	10月	15×21.5	189	小說	英國
雞皮疙瘩21魔鬼面具II	R.L. 史坦恩／孫梅君	臺北市	商周文化事業公司	10月	13.9×21	170	小說	美國
冰與火之歌二部曲卷三——兵臨城下	喬治・馬丁／王欣欣	臺北市	高富國際文化公司	10月	15×21	315	小說	美國
邊境大冒險IV——蠱髏魔的詛咒	保羅・史都沃 & 克利斯・瑞德／王紹婷、王德愷、鄒倩琳	臺北縣	繆思出版公司	10月	14×20	360	小說	英國
魔咒三部曲巫師誓言	克里夫・麥可尼許／溫淑真	臺北市	小知堂文化事業公司	11月	14.5×21	349	故事	英國
聲音停止的那一天	Ken Stelle, Claire Berman／史錫蓉	臺北市	新苗文化事業公司	11月	14.8×21	282	小說	美國
楓木丘的奇蹟	維吉妮亞・索利森／繆靜玫	臺北市	新苗文化事業公司	11月	14.8×21	212	故事	美國
玻璃字	凱伊・邁爾／劉興華	臺北市	允晨文化實業公司	11月	14.8×21	295	小說	德國

書名	作者（譯者）	出版地	出版社	出版日期	開數	頁數	文類	附註
我遇到的孩子們	灰谷健次郎／呂建良	臺北縣	新雨出版社	11月	15×20	259	故事	日本
蠍子之家（上）	南茜‧法墨／劉喬	臺北市	台灣東方出版社	11月	15×21.6	301	小說	美國
蠍子之家（下）	南茜‧法墨／劉喬	臺北市	台灣東方出版社	11月	15×21.6	600	小說	美國
戀愛的滋味	柯奈莉亞‧馮克／唐薇	臺北縣	旗林文化出版社	11月	15×21.6	334	小說	德國
小牛仔和他的秘密朋友	裘安‧瓦許‧安格倫德／羅馨旻	臺北縣	大穎文化事業公司	11月	18×18	28	圖畫書	德國
沈默到頂	柯尼斯伯格／鄒嘉容	臺北市	台灣東方出版社	11月	15×21	297	小說	美國
阿特米斯奇幻歷險2——北極圈的挑戰	艾歐因‧寇弗／李敏	臺北市	天培文化公司	11月	14.5×21	298	小說	愛爾蘭
管子的異想世界	愛蜜麗‧諾冬／呂淑蓉	臺北市	皇冠文化出版公司	11月	15×21	159	小說	比利時
奶奶	彼得‧赫爾德林／徐潔	臺北市	財團法人基督教宇宙光全人關懷機構	11月	13.5×20	174	小說	德國
小國王的禮物	艾德薩‧夏普 劉清彥	臺北市	道聲出版社	11月	17.5×24.5	85	故事	瑞士（德文)
化身為(貓篇)天使的寵物	大和書房編著／陳玉芬	臺北縣	尖端出版事業公司	11月	12.5×18	141	故事	日本

書名	作者（譯者）	出版地	出版社	出版日期	開數	頁數	文類	附註
伊爾莎離家出走	克莉絲蒂娜・涅斯林格／楊立	臺北市	東方出版社	11月	15×21	230	小說	奧地利（德文）
小蛤蟆的驚異之旅	雅可夫・沙巴泰／徐潔	臺北市	玉山社出版事業公司	12月	13×19	206	童話	以色列
小盒子裡的大幸福	蘇珊娜・威提格／賴雅靜	臺北市	玉山社出版事業公司	12月	13×19	113	童話	瑞士
那一夜、我祈禱奇蹟出現	田口藍迪／蕭雲菁	臺北縣	新雨出版社	12月	13×18.2	95	故事	日本
心中的阿樹	茱莉・沙樂門／殷石	臺北市	智庫公司	12月	15×21	138	故事	美國
阿布的DNA	卡雷爾・葛雷斯崔・凡・倫／陳詩紘	臺北市	新苗文化事業公司	12月	14.6×21	275	小說	荷蘭
每一天都是你的代表作	馬克・桑布恩／周玉軍	臺北市	方智出版社	12月	13.5×19.3	152	散文	美國
白鸚鵡的森林	安房直子／彭懿	臺北市	時報文化出版公司	12月	14.8×20	191	故事	日本
薄暮獵人	向達倫／雷藍多	臺北市	皇冠文化出版公司	12月	15×20.9	234	小說	英國
雞皮疙瘩之小心雪人(23)	R.L. 史坦恩／柯清心	臺北市	城邦文化事業公司	12月	14×21	153	小說	美國
波特來爾大遇險9 吃人的遊樂園	雷蒙尼・史尼奇／李可琪	臺北市	遠見天下文化出版公司	12月	14.8×20.5	279	小說	美國

書名	作者（譯者）	出版地	出版社	出版日期	開數	頁數	文類	附註
乘風破浪	朱利・凡爾納等／紫石作坊	臺北市	麥田出版公司公司	12月	17×17	125	故事	英國、法國
比披薩好吃的哲學故事	鄭智永／李英華	臺北縣	麥田出版公司公司	12月	17×24	147	故事	韓國
奇幻精品店	斐德里克・柯雷孟／林深靖	臺北市	遠流出版事業公司	12月	16.5×23	67	圖畫書	法國
瘋婆子	珍・萊絲莉・康禮／胡芳慈	臺北市	台灣東方出版社	12月	15×21.5	261	小說	美國
我是老鼠	菲力普・普曼／陳澄如	臺北縣	謬思出版公司	12月	14×20	204	小說	英國
女孩別哭	沃利・蘭姆／趙伏柱	臺北市	星光出版社	12月	14.8×20.1	439	小說	美國
狗樣人生	華勒西・齊格瓦／呂淑蓉	臺北市	麥田出版公司	12月	14.7×20	123	小說	法國
蝴蝶	艾瑞克・希瑪／李良玉	臺北市	聯經出版事業公司	12月		30		法國
貓咪魔法學校2——魔法禮物	金津經／朱恩伶	臺北縣	印刻出版公司	12月	17×23	140	小說	韓國

國家圖書館出版品預行編目（CIP）資料

兒童文學與書目. 四 / 林文寶著；張晏瑞主
編. -- 初版. -- 臺北市：萬卷樓圖書股份
有限公司, 2021.12
　　面；　　公分. --（林文寶兒童文學著作集.
第二輯）
ISBN 978-986-478-581-0（全套）
ISBN 978-986-478-576-6（第四冊：精裝）

1.兒童文學 2.兒童讀物 3.目錄

　863.099　110021566

林文寶兒童文學著作集　第二輯　書目編

兒童文學與書目（四）

作　　者　林文寶
主　　編　張晏瑞

出　　版　萬卷樓圖書股份有限公司
發 行 人　林慶彰
總 經 理　梁錦興
總 編 輯　張晏瑞
聯　　絡　電話 02-23216565　　　　傳真 02-23944113
　　　　　網址 www.wanjuan.com.tw
　　　　　郵箱 service@wanjuan.com.tw
地　　址　106 臺北市羅斯福路二段 41 號 6 樓之三
印　　刷　百通科技股份有限公司
初　　版　2021 年 12 月
定　　價　新臺幣 12000 元　全套八冊精裝　不分售
ＩＳＢＮ　978-986-478-581-0（全套）
ＩＳＢＮ　978-986-478-576-6（第四冊：精裝）